IMĀGINOR, ERGŌ SUM.

想象即存在

幻想家

英伦魔法拾遗

苏珊娜·克拉克 著

查尔斯·维斯 绘 王爽 译

湖南文艺出版社
HUNAN LITERATURE AND ART PUBLISHING HOUSE

致　谢

没有以下友人的帮助，本书恐怕永远不能得见天日：柯林·格林兰和杰夫·赖曼（他们促使我完成了人生的第一篇短篇小说，尽管当时我并不想动笔），尼尔·盖曼，帕特里克·尼尔森·海顿，特丽萨·尼尔森·海顿，特里·温德灵，爱伦·达特洛，以及查尔斯·维斯。在此献上我的爱和谢意。

献给我的父母

詹妮特·克拉克和斯图尔特·克拉克

目录

序

詹姆士·萨瑟兰教授

阿伯丁大学仙灵研究所所长

我怀着两个十分谦卑的目的，着手编纂了这本小书。其一，对不同历史时期魔法在英伦三岛的发展状况略做概述；其二，向读者介绍仙境影响我们日常生活的几种常见手段，换言之，即为了解仙境及仙子提供一本入门级的读物。

开篇故事《惠别镇的女士们》属于前者，它对十九世纪女性魔法师所面临的困境做了一番深刻而准确的描述——当时她们的成就完全不被男性魔法师承认（这种态度，吉尔伯特·诺瑞尔和乔纳森·斯特兰奇两位先生表现得很充分）。几年前出版的一本晦涩难懂的小说提到过相关情况。也许有读者无意中读过《英伦魔法师》（伦敦：布鲁姆斯伯里出版社，2004），那么我希望各位注意第四十三章的一条脚注，其中提到乔纳森·斯特兰奇如何费尽周折把他在格洛斯特郡当牧师的大舅子调到北安普敦郡。《惠别镇的女士们》详细解释了斯特兰奇当时那奇怪行为背后的动机。

《贪婪山》和《丑角与回纹饰》则描写了我们英格兰人和苏格兰人的祖先与仙灵及魔法的关系，那时候的事情更简单，也不那么令人忧心。

《西蒙内利先生，或曰仙灵鳏夫》摘自亚历山德罗·西蒙内利先生的日记。当然了，西蒙内利先生是位糟糕透顶的作者，他行事中处处可见他们族人狂妄自大的风格（我这里说的是英格兰人，并无他族）。某编辑被告知，对待他的日记须得十分谨慎。西蒙内利于十九世纪二十年代中期首次出版了这本日记。二十年后他再次修订出版。到六十年代末，他又一次重新出版。事实上，整个十九世纪以及二十世纪初，他都在反复重写日记和回忆录，不断推出新版本；每一次他都会修改过去的记录来迎合他本人的新喜好——比如古代苏美尔人的历史，妇女教育，仙子的道德教化，对异教徒宣扬《圣经》，甚至是新肥皂的功能。为了避免这一问题，我仅对第一版中描述西蒙内利怪诞生涯开端的内容进行了摘录。但愿这份摘录能够反映出事件的真相。

滑铁卢战役后，英国人和仙子之间的贸易日益增多。不列颠的政治家们开始从各个方面讨论"仙灵问题"，大家一致同意此事关乎国家利益。这些故事即便说明不了其他问题，也足以表明十九世纪的绅士无意间进入仙境后会怎样的惊慌失措。威灵顿公爵就是这样一位绅士。女性在面对这样的困境时表现得更为从容——《玛布夫人》中，女主角维妮希娅·摩尔凭借直觉了解了仙境的法则，而公爵虽然年长且更富经验却缺乏这样的能力。

《汤姆·明风，或曰索尔斯比仙桥落成记》对研究仙境的学者而言依旧具有相当大的吸引力。而我却坚持1999年这个故事发表之时我所提出的意见（理应让更多人知道）。读者可以在故事正文之前找到那段话。

我选择用波蒂斯海德勋爵约翰·沃特伯里的故事为本书压轴。沃特伯里是一位杰出的作家，除去1808—1816年间为吉尔伯特·诺瑞尔做事以外，他始终专注于书写甚至重述有关乌衣王的古老传说，为人所称道。《约翰·乌斯克格拉斯和坎布里亚的烧炭人》就属于这种（中世纪爱好者十分喜欢的）类型，故事里的富人和强者反被小人物愚弄（这让我想起了罗宾汉的传说，以及那首名为《约翰王与坎特伯雷大主教》的民谣）。在中世纪的北英格兰，再没有人比约翰·乌斯克格拉斯更富有更有权势，所以北英格兰的民间传说里满是这样的故事：乌斯克格拉斯掉进地洞，爱上穷姑娘，或者在万不得已的情况下，为唠唠叨叨的旅店老板娘不情不愿地煮粥。

而如今可悲的现状是——我们的历史向来如此——关于仙境的错误信息误导了我们。通过这些故事，严谨的仙灵学者方能打开一扇通往仙境的窗，可以一窥那边复杂、矛盾而又危险的美妙世界。

詹姆士·萨瑟兰

2006年4月于阿伯丁

惠别镇
的女
士们

首先，记住这点：魔法来自头脑，同样也来自心灵，我们所做的每一件事都必须出于爱、快乐和正当的愤怒。

我们如能铭记此原则就会发现，我们的魔法比古往今来一切被讲授的咒语之总和都要强大。那样，魔法之于我们将如飞行之于禽鸟，因为到那时我们的魔法源自深沉善思的心灵，正如鸟儿的飞行本领也源自心灵。因此我们在施展魔法时便能感受到如同鸟儿飞向高空时一般的快乐，而且亦将领悟到魔法乃是人之为人的一大要素，一如飞行是鸟之为鸟的要素。

这一思想是乌衣王留给我们的遗赠，那位可敬的魔法师之王永远站立在英格兰与彼界之间，站立在一切野蛮生物和人类世界之间。

——摘自《温切斯特的凯瑟琳夫人（1209—1267）之书》，

简·托拜厄斯（1775—1819）译自拉丁文

菲尔德夫人去世后，她那伤心欲绝的鳏夫环顾身侧，忽然发现世

界仍像他年轻时那样充满了美丽的姑娘。这一发现提醒了他：他依旧富有，尽管他府上已有了一位年轻美丽的女士（他的侄女与被监护人卡桑德拉·帕布林格），但再来一位他也不认为有什么错。他不觉得自己和过去相比有什么变化，卡桑德拉对此完全赞同，因为（她暗想道）“我敢肯定，先生，您二十一岁的时候也绝对和四十九岁一样沉闷无聊”。于是菲尔德先生再度结婚。新夫人聪明漂亮，只比卡桑德拉大一岁。不过我们得替她说句话：她没钱，只能嫁给菲尔德先生，要不就得去学校教书。新菲尔德夫人和卡桑德拉彼此十分友好，而且很快就变得亲亲热热了。但悲哀的事实是：她们实在太亲热了，对菲尔德先生反倒没什么兴趣。另有一位女士（即托拜厄斯小姐）也是她们的朋友，她们三人都住在格洛斯特郡的惠别镇，经常一起在附近的乡间散步。

卡桑德拉·帕布林格今年二十岁，是广受众多男士赞赏的那种美人。雪白的皮肤透出迷人的红晕，淡蓝的眼眸和白金色的鬈发十分相称，堪称女人味与孩子气的完美结合。菲尔德先生作为一个并非以观察力见长的绅士，也很自信地认为在她脸上同时有着稚气的天真愉快和女性的温柔之态。

眼下她的前程似乎比菲尔德夫人要光明许多。惠别镇的居民长久以来一直坚信卡桑德拉应当与教区长亨利·伍德霍普先生结婚，而伍德霍普先生本人看样子也不反对这个意见。

“卡桑德拉，我觉得伍德霍普先生喜欢你。”菲尔德夫人说。

“是吗？”

托拜厄斯小姐（彼时她也在屋里）说：“帕布林格小姐很聪明，她对伍德霍普先生有自己的看法。”

“哦，”卡桑德拉叫道，“你要想知道的话，我就告诉你吧。伍德霍普先生不过是略为瘦高点儿的菲尔德先生。他年轻些，所以比较容易说话，思想也算敏锐。不过要是把该说的都说了，该做的都做了，他就完完全全成了另一个菲尔德先生。”

“那你为什么不拒绝他？”菲尔德夫人问。

“因为我想要是我非得和某人结婚的话，伍德霍普先生至少有一个优势，他就住在惠别镇，就算结了婚我也不用离开亲爱的菲尔德夫人。”

“和另一个翻版的菲尔德先生结婚真是个可怜巴巴的小心愿。”菲尔德夫人叹气道，“你就没别的愿望了吗？”

卡桑德拉想了想。“我一直非常想去约克郡，”她说，“我猜想那里一定和拉德克利夫夫人的小说里描写的一样。”

“那儿和其他地方没什么两样。”托拜厄斯小姐说。

“唉，托拜厄斯小姐，你怎么能这么说呢？如果约克郡都没有魔法了，我们还能在哪里找到它？‘濯濯荒野间，点点繁星闪，吾王麾下万物相为伴。’这才是我想象中的约克郡。”

“但是，”托拜厄斯小姐说，“乌衣王的统治已经过去很久了，而且在此期间，约克郡的人搞起了收费站、报纸、公共马车、流动图书馆，以及其他和别处一样一应俱全的时髦事物。”

卡桑德拉哼了一声。“你太让我失望了。”她说。

托拜厄斯小姐在当地一所名叫“冬之馆”的大宅里给两个小女孩当家庭教师。孩子们的父母已经去世，惠别镇的人都说那里不适宜儿童居住，它太大太暗，净是奇形怪状的房间和阴阳怪气的雕像。而且小点的那个孩子确实很害怕，还常常生病做噩梦。可怜的小姑娘总觉得屋里有猫头鹰出没。她最害怕的就是猫头鹰了。倒没有别的人见过猫头鹰，不过这宅子太古老了，有很多洞和裂缝供它们出入，还有不少肥美的老鼠供它们享用，所以或许真有猫头鹰也说不准。镇上人不大喜欢这个家庭教师：她个儿太高、太爱看书、太过严肃，而且最奇怪的是她几乎从来不笑，除非真有什么特别好笑的事。然而厄休拉小姐和弗洛拉小姐这两个特别乖巧的小姑娘却非常依赖托拜厄斯小姐。

除却她们将来可能成为继承人的福分以外，在亲戚中间，这两个孩子穷得和教堂老鼠一样。她们唯一的监护人是亡母的堂兄。自她们成为孤儿以来的这么些年，这位先生只看望过她们两次，外加一次圣诞节时写了一封短得不能再短的信。但是由于温布莱特上尉是个穿红制服的政府官员，他不来也好，不说话也好，都情有可原，厄休拉小姐和弗洛拉小姐（一个八岁一个四岁）已经知道在他面前要比在其他亲戚面前更加努力地撒娇卖乖了。

据说孩子们的曾祖父很了不起，他生前研习魔法，身后留下了一座藏书室。托拜厄斯小姐经常待在里面，谁也不知道她在那儿做什么。她的两个朋友菲尔德夫人和帕布林格小姐也常去老宅。不过别人觉得她们只是去看看孩子而已。因为女士们（众所周知）是不学习魔法的。魔法师根本就是另一种事物，所以女士们见到魔法师（众所周知）才如此着迷。（不然还能怎么解释诺瑞尔先生在伦敦各大沙龙大受欢迎的原因呢？诺瑞尔先生那张乏善可陈的脸、沉默寡言的态度同他无与伦比的魔法一道广为人知。而他的学生斯特兰奇先生，凭着英俊的相貌和自如的谈吐，所到之处无不备受礼遇。）那么到此为止，我们也许应该解释一个问题——卡桑德拉·帕布林格曾在9月的一天向托拜厄斯小姐提出了这个问题，那时正是夏秋之交极为美好的一天。

“你读了斯特兰奇先生发表在《评论》上的文章没有？你觉得怎样？”

“我认为斯特兰奇先生以他自己的风格把观点阐述得很清楚。任何人，无论他是否了解这一理论，也不管他是否研习魔法，都能理解。他一贯这么聪明狡猾。总的来说，这是篇值得称道的文章。他是个聪明人，我是这么认为的。”

“你的口气简直跟个家庭教师一模一样。”

“有什么奇怪吗？”

“但我并不想听这么家庭教师式的意见，我希望你说说……算了。你觉得他的观点如何？”

“我完全不赞同。”

“啊，这才是我想听到的！”

“当代的魔法师们，”菲尔德夫人说，“除了集中精力贬低魔法以外，其他什么也不干。我们常听说某种魔法太过危险，人类不应尝试（但所有的古代传说都曾提到）；或者因为手稿丢失，魔法失传了；又或者它从未存在过。说到来自彼界的仙子，诺瑞尔和斯特兰奇二位先生根本就不知道世界上是否存在这类生灵。不过反正他们对此也毫不关心，因为就算仙子真的存在，我们也不用和他们打交道。至于说我们所知的乌衣王，他只是满脑子魔法的中世纪人发高烧时做的梦而已。”

“斯特兰奇先生和诺瑞尔先生就想把魔法搞得和他们本人一样无聊，”卡桑德拉接口道，“他们说乌衣王不存在，无非是担心他那伟大的法力会使他们相形见绌。”

菲尔德夫人笑起来。“卡桑德拉，”她笑道，“你没法不说斯特兰奇先生的坏话。”

随后她们从了不起的斯特兰奇先生及更为了不起的诺瑞尔先生二人之过错，一直谈到日常生活中男人们的不道德行为，然后又从这点出发，自然而然地讨论起卡桑德拉是否应当与伍德霍普先生结婚。

正当惠别镇的女士们谈天说地的时候，乔纳森·斯特兰奇先生（当代第二大奇才与魔法师）正坐在吉尔伯特·诺瑞尔先生（当代第一大奇才与魔法师）的书房里。斯特兰奇先生告诉诺瑞尔先生，说他要离开伦敦几周：“我希望，这不会对先生您造成不便。给《爱丁堡杂志》的下一篇文章业已完成——除非您想改动一二（不过就算我不在，您也一样可以改得很好）。”

诺瑞尔先生皱了皱眉，问斯特兰奇先生到底要去哪儿。因为在伦敦人人皆知，这少言无趣的小个子老法师非常不愿他的徒弟离开，哪怕一天半天也不行。他甚至不愿斯特兰奇先生和旁人说话。

“我去格洛斯特郡，先生。我答应带内人去拜访她的兄长。内兄是当地的教区长。我想您也许听我提起过亨利·伍德霍普先生？”

次日，惠别镇下着雨。托拜厄斯小姐没法离开冬之馆。她整天都和孩子们待在一起，教她们拉丁文。（“我看不管男孩女孩都该学拉丁文。你们将来会用得上的。”）之后还给她们讲了邓代尔的托马斯被囚禁在彼界的故事，以及他如何成为乌衣王的第一个人类仆从。

第三天天气晴好，托拜厄斯小姐趁机抽出半个小时去拜访菲尔德夫人，孩子们则交给保姆照看。事有凑巧，菲尔德先生此时正好去了乔丁汉。（据菲尔德夫人说这实属罕事，因为再没有哪个男人像他这么恋家。“恐怕是我们在家把他伺候得太周全了。”她这样说。）于是托拜厄斯小姐便比平时待得更久一些。（当时看来这并无不妥。）

回冬之馆时，她从惠仙小道上方路过，小道旁边就是教堂，教堂旁边是教区长的宅子。一辆相当漂亮的四轮马车正好离开大路转上小道。这事本身就很新奇，托拜厄斯小姐压根儿就没认出这辆车和车里的乘客。但更为不同寻常的是，这辆车竟然由一位夫人自信而娴熟地驾驭着。她旁边还有一位男士，他坐在轿厢上，双手插在口袋里，跷着腿，看样子很是放松。他那气度可不一般。“这人长相一般，”托拜厄斯小姐心想，“鼻子太长了，却一副目中无人的样子，好像自己真是个美男子似的。”

这天似乎很适宜出行。在冬之馆的院子里停着一辆双轮马车和两匹神采奕奕的骏马，由车夫戴维和马童照料着。一个又黑又瘦、邋里邋遢的人（也许是谁的仆人）一边看着他俩干活，一边靠着厨房后院的墙晒着太阳，抽着烟斗。他的衬衣没扣好，托拜厄斯小姐经过的时候，他正用脏兮兮的长手指抠着胸口，一面还冲她笑。

在托拜厄斯小姐的记忆中，这座老宅始终一个样：空无一物，唯有寂静、阴影和扭曲了光线的尘埃，可是今天，屋里居然回荡着说话声、音乐声和兴高采烈的笑声。她打开餐厅门，发现桌上已经摆好了最精美的玻璃器、银器及最漂亮的餐桌陈设。食物也都端上桌，但却被人们完全遗忘。大小旅行箱都被搬进屋里，男装女装被一并抓出来，乱七八糟地扔了一地。一个身穿红制服的人坐在椅子上，怀里抱着厄休拉小姐。他把手中的酒杯凑到小姑娘嘴边，每次她想去喝的时候又马上拿开，然后他俩就一起大笑。托拜厄斯小姐觉得，从那红扑扑的小脸蛋和吵吵闹闹的气氛来看，她实在不敢保证厄休拉小姐真的滴酒未沾。屋子正中间还有一个人（非常英俊），他同样身穿制服，站在一大堆衣服和杂物之间，跟他们一起发笑。小妹妹弗洛拉小姐站在他旁边，睁大了好奇的眼睛看着他们。托拜厄斯小姐立刻上前拉她走开了。餐厅后方的暗处里，一个年轻女子正坐在钢琴旁，笨手笨脚地弹着一支意大利曲子。她本人似乎也自知技拙，很不愿再弹下去，整支曲子净是长长的停顿。她叹着气，大概心情非常不好。随后她干脆就不弹了。

“继续，继续，”中间那个相貌堂堂的人立刻冲她大声说道，“我们都听着呢，我保证。这曲子，”说到这里，他冲着另一个人挤挤眼睛，“很动听。我们要教我这两个小侄女跳土风舞呢。弗雷德是世界上最棒的舞蹈家，所以你必须弹，知道吗？”

那年轻女人只好不情不愿地接着弹。

看样子坐着的那位叫弗雷德，他正好看见了托拜厄斯小姐，于是礼貌地微微一笑，并请她原谅此番突然到访。

“啊，”相貌堂堂的人叫道，“托拜厄斯小姐当然会原谅我们，弗雷德。我和她是老朋友了。”

“下午好，温布莱特上尉。”托拜厄斯小姐说。

与此同时，斯特兰奇夫妇正舒舒服服地坐在伍德霍普先生那间漂亮的客厅里。斯特兰奇夫人已经仔仔细细地查看了整座房子，并和管家、厨师、挤奶工、女仆、马夫、园丁及园丁儿子一一进行了谈话。伍德霍普先生好像特别急于听取来自女士的意见，在斯特兰奇夫人最终称赞房子、仆人及家政状况之前，他甚至都不请她坐下喝茶。于是，就像所有温柔亲切的姊妹一样，她面带微笑地检查了家中事务，又面带微笑地挑了几个最简单的问题拷问了仆人，最后表示她非常满意。

“亨利，我相信，”她面带微笑地说，“帕布林格小姐也会同样满意的。”

“他脸红了。”乔纳森·斯特兰奇从报纸中抬起头，“亨利，我们此行最重要的目的就是拜见一下帕布林格小姐（你提到她无数次了），我们只要见见她就马上离开。”

“是吗？那我便尽早请菲尔德夫人和她侄女过来和你们见个面吧。”

“啊，用不着这么麻烦。”斯特兰奇说，“我们带了望远镜。只消在她散步路过的时候从卧室窗户里偷偷看一眼就好了。”

斯特兰奇一边说一边来到窗户旁。“亨利，”他说，“我非常喜欢你这座教堂。我喜欢四周的小围墙，以及环绕它们的树丛。这地方看起来就像是一艘船。如果刮过一阵强风，教堂和树丛准会整个儿启程航行到别的地方去。”

“斯特兰奇，”亨利·伍德霍普说，“你总是这么奇奇怪怪的。”

“别管他，亨利，”阿拉贝拉·斯特兰奇说，“他那是魔法师的想法。那些人都有点儿疯。”

“诺瑞尔除外。”斯特兰奇说。

“斯特兰奇，作为朋友，我得提醒你一句，别在这里施展魔法。我们这里是个平静的小地方。”

“亲爱的亨利，”斯特兰奇答道，“我又不是当街支个篷子、挂个黄帘子的江湖骗子。我可不会在教堂旁边的空地里招揽生意。这些日子海军上将、中将、少将以及诸位御前大臣都写信邀我去助他们一臂之力，而且（最重要的是）他们给我很高的报酬。我想在惠别镇没人付得起。”

“这个房间是干什么用的？”温布莱特上尉问。

“是已故恩德维尔德先生的房间，先生。”托拜厄斯小姐答道。

“那位魔法师？”

“对，他是魔法师。”

“那么他把财宝藏哪里了呢，托拜厄斯小姐？您在这里待了这么久，肯定已经知道了吧。我确信，一定有大宗财宝藏在那些个隐秘的犄角旮旯里。”

“我从没听说过，先生。”

“得了吧，托拜厄斯小姐，老头子们为什么要学魔法？无非就是找人家在哪里藏了金子。不然魔法还有什么好处？”他突然闪过一个念头，“他没把魔法传授给晚辈吧？我是说那两个孩子。肯定不会吧，谁听说过女人学魔法呢？”

“曾有过两位备受尊崇的女魔法师，先生。一位是温切斯特的凯瑟琳夫人，她是马丁·佩尔的老师。另一位是格里高利·阿布沙龙的女儿玛丽亚，过去长达百年间她一直是影宅的女主人。”

上尉并不怎么感兴趣，他只说“带我看看别的房间”。他们沿回音幽幽的走廊前行，很快就进入了老鼠和蜘蛛的地盘，又大又黑的屋子总是这样。

“我的侄女们身体好吗？”

“很好，先生。”

他沉默片刻又说：“哦，当然了，不过也很难说。小孩子很容易害病，托拜厄斯小姐。我自己在六七岁的时候就差点死于猩红热。她们得过猩红热了吗？”

“没有，先生。”

“是吗？我觉得还是祖辈更了解这些事情。在小孩完全度过童年期的重重考验和疾病之前，他们都不会过分关心孩子们。这是个经验之谈。不要过分关心孩子们。”

他发现托拜厄斯小姐眼神不大对劲，便笑着说：“怎么了？我只是开个玩笑。你太认真了。哦，托拜厄斯小姐，我知道这是怎么回事。长久以来，你对这座大宅和我这两个小侄女，我这两个富有的小侄女，产生了强烈的责任感。但是女士们娇嫩可爱的小肩膀不适合承担太多责任。所以，你看，我现在来帮你了。还有弗雷德。弗雷德很乐意和我们成为亲戚。他特别喜欢小孩。”

“温布莱特上尉，那位女士怎么办？她会住在这儿给你和另一位先生当亲戚吗？”

他没听懂，只是笑了。他那双眼睛明亮、碧蓝，充满笑意且富于感染力，托拜厄斯小姐颇费了点力气才没跟他一起笑起来。

“这话只在我们之间说说，她被一个在政府工作的兄弟送去搞那个。而我实在是个软心肠的人，为了女人的眼泪叫我干什么都可以。”

温布莱特上尉在走廊的时候是这么说的，但当他们回到餐厅的时候，女人的眼泪（那位年轻姑娘那会儿正在哭）却让他更加暴躁了。其实她只是怯生生地轻轻叫了他的名字而已，他就冲着她吼道：“啊，你怎么不滚回布莱顿去？你马上就能回去，你明白得很。你回去不就好了。”

“赖盖特。”她轻声纠正。

他极不耐烦地盯着她。“啊对，赖盖特。”他说。

那姑娘长着一张甜甜的小脸，神情羞怯，眼睛又黑又大，玫瑰花蕾般的小嘴像是随时都会哭出来似的颤抖着。可惜这种美貌一当痛苦来临，便会立马消失得无影无踪，此刻她正好非常难过。那模样让托拜厄斯小姐想起孩子们的破烂布娃娃，刚开始的时候十分可爱，但是当衣服和装饰破了之后就变得寒酸可怜。她抬头看着托拜厄斯小姐。“我没想到……”她刚一开口就扑簌簌地掉眼泪。

托拜厄斯小姐沉默片刻。“呃，”她最后说道，“也许你还不太习惯。”

那天晚上，菲尔德先生又一次在大厅里睡着了。最近他老是这样。

这次呢，是一个仆人把一张便条交给菲尔德夫人，她便低头看了起来。就在她看便条的时候，菲尔德先生觉得“像被蜘蛛网缠住了似的”（他原话如此）犯困。他自觉只瞌睡了片刻就醒了，随后晚间的生活还是老样子，卡桑德拉和菲尔德夫人坐在房间另一头的火炉边。实际上，菲尔德先生整个晚上过得非常愉快，他喜欢由这两位女士陪伴着度过晚间的时光。这只是个梦而已（因为这老可怜完全睡着了），不过这完全没有破坏他享受生活的兴致。

他睡着后，菲尔德夫人和卡桑德拉马上来到冬之馆。

在教区长家里，亨利·伍德霍普和他妹妹互道晚安，斯特兰奇先生则表示还要继续看看书。他看的是撒迪厄斯·希克曼所著的《马丁·佩尔传》。他已经读到了第二十六章，希克曼在此章中讨论了某些由马丁·佩尔提出的理论，如：在极端必要时，魔法师能施展出他们从未研习过的法术，这些法术远强于他们自身的力量，甚至是他们闻所未闻的。

“唉，”斯特兰奇很不满地说，“纯粹胡说八道。”

“晚安，乔纳森。”阿拉贝拉说罢在他眉间亲了一下。

“好的，好的。”他嘀咕了一声，眼睛都没从书上挪开。

“那个年轻女人，”菲尔德夫人悄声问，“她是谁？”

托拜厄斯小姐扬起眉毛回答：“她自称温布莱特夫人。但是温布莱特上尉说她不是。我觉得这个问题无须多言。”

“如果万一孩子们出了什么事……我是说，”菲尔德夫人依然很小声，“那么温布莱特上尉会因此受益吧？”

“嗯，他会就此变成非常有钱的人。不管他来这儿是为了避什么风头，欠债也好，丑闻也好，他都不用怕了。”

三位女士齐聚儿童卧室。托拜厄斯小姐裹着披肩坐在暗处。宽敞却阴暗的屋子里点着两支蜡烛，一支在孩子们的床边，另一支放在门边的小边桌上，这样有人进屋的话她就能马上看见。在这座宅子的另一处，那众多长而黑的走廊尽头，似乎有人在唱歌大笑。

弗洛拉小姐躺在床上，满心忧虑地问屋里有没有猫头鹰。

托拜厄斯小姐向她保证说没有。

“但是我想它们会进来的，”弗洛拉小姐害怕地说，“如果你走开的话。”

托拜厄斯小姐说她们会在这儿坐上好一阵子。“别说话了，”她说，“让帕布林格小姐给你们讲个故事吧。”

“你们想听什么故事呢？”卡桑德拉问。

“讲个乌衣王的故事吧。”厄休拉小姐说。

“好吧。”卡桑德拉答应道。

于是她给孩子们讲了这么一个故事：

“当乌衣王还不是国王的时候，人家叫他小渡鸦，他和他的叔叔婶婶住在一座非常美丽的房子里。（其实完全不是叔侄关系，只不过是一对善良的夫妇收养了他而已。）有一天，他叔叔在藏书室里看魔法书的时候忽然把小渡鸦叫到身边，问他学习得怎么样了。小渡鸦说他学得非常好。

“‘唔，好，’奥伯龙叔叔说，‘不过作为你的抚养人和监护人，人类小孩，我还是要确定一下。给我看看你昨夜做的梦吧。’于是他在书桌上腾出一块地方，小渡鸦就把他的梦拿出来看。桌上放了上百个稀奇古怪的物件：关于非自然历史的书；描绘‘男性之奸诈’与‘女性之谦和’间相对位置的地图（以及如何在它们之间往来）；一套放在桃花心木匣子里的黄铜量器，款式精美，设计精巧，可用于计量‘野心’与‘嫉妒’、‘爱’与‘牺牲’、‘忠诚’与‘忤逆’等诸多恶行与美德，了解这些东西不无益处。奥伯龙叔叔把所有这些物件都放到地上——他并不是个爱整洁的人，常常因此受人批评。然后他把小渡鸦的梦在桌上铺开，透过一副窄小的金丝眼镜仔细观察。

“‘怎么回事？’奥伯龙叔叔大声说，‘这个梦里有座黑色的高塔矗立在阴暗森林里的雪地上。这塔是生铁铸成的，像颗蛀牙。全身乌黑、羽毛凌乱的鸟绕着它飞行，而你就被关在这座塔里。人类小孩，当你做这个梦时，竟不觉得害怕吗？’

“‘不，叔叔，’小渡鸦答道，‘昨夜我梦见了我出生的这座塔，在我还不会爬的时候，这些渡鸦带水来给我喝。我为什么要害怕？’

“于是奥伯龙叔叔接着看下一个梦，当他看到这个梦时，便惊诧地叫起来：‘这个梦里有眼睛闪耀着残忍的光芒，有利齿想要撕咬吞噬。人类小孩，当你做这个可怕的梦时，竟不觉得害怕吗？’

“‘不，叔叔，’小渡鸦答道，‘昨夜我梦见了这群狼，在我还不会爬的时候，它们给我喂奶，躺在我身边不让我受冻。我为什么要害怕？’

“于是奥伯龙叔叔接着看下一个梦，当他看到这个梦时，便颤抖着说道：‘这个梦里有一个漆黑的湖泊，在这凄风苦雨的暮光里。森林静得可怕，幽灵般的船航行在水上。船夫枯瘦佝偻，像是灌木的根，他的脸也藏在阴影中。人类小孩，当你做这个可怕的梦时，竟不觉得害怕吗？’

“小渡鸦生气地用拳头捶着桌子，用力跺脚。‘奥伯龙叔叔，’他叫道，‘那是仙船，那船夫是你和蒂塔尼娅婶婶派来接我的仙子！我为什么要害怕？’

“‘啊呀！’一直保持沉默的第三个人开口了，‘这孩子脾气真大！’说话的人是奥伯龙叔叔的仆人，他正坐在高高的架子上，假扮成威廉·莎士比亚先生的半身像（直到这一刻为止）。奥伯龙叔叔被他吓了一跳，不过小渡鸦一直都知道他在那儿。

“奥伯龙叔叔的这个仆人居高临下地看着小渡鸦，小渡鸦也瞪着他。‘天地之间有诸多事物，’奥伯龙叔叔的仆人道，‘它们都急不可待地想伤害你。火想烧死你。剑想刺穿你。绳子想勒住你。成千上万的事物你做梦也没想到过：有东西会偷走你的睡眠，年复一年，直到你认不出你自己；尚未来到世间的人会诅咒你算计你。人类小孩，是时候感到害怕了。’

“可是小渡鸦答道：‘罗宾·好伙计，我知道一直以来是你让我做了那些噩梦。但我是人类的孩子，因此我比你聪明，当那些坏东西想来伤害我的时候，我同样也比它们聪明。我是人类的孩子，所以英吉利那广袤、坚实而多雨的土地属于我。我是英国的孩子，所以英吉利那阴沉无边的天空属于我，那漫天扑打的黑色翅膀，那在雨中悲吟的灰色幽灵都是属于我的。事实便是如此，罗宾·好伙计，跟我说说，我为什么要害怕？’说罢，小渡鸦摇摇满头的黑发，起身离开了。

“好伙计紧张地瞟了一眼奥伯龙叔叔的方向，生怕他生气，因为他刚才对那个人类养子十分无礼。但是奥伯龙叔叔（他实在是个老绅士）并没有听他们说话，他出去找他的书去了。那书里有一个咒语，能把议会的老爷们变成真正对社会有用的人，可是他却找不到了（不到一百年前那书还在他手边哪）。于是罗宾又悄悄变回莎士比亚的半身像了。”

在教区长的宅子里，斯特兰奇先生还在看书。他已经读到第四十二章，希克曼在此谈到玛丽亚·阿布沙龙是如何用影宅的镜子挫败了敌人，她使敌人们看到他们灵魂的丑恶影像（并告知他们这丑恶在他们心中真实存在），他们因此无力再与她为敌。

在斯特兰奇先生的脖子后面有一处敏感的地方，他所有的朋友都听他说起过：要是周围有人使用了魔法，那里就会觉得刺痛。此刻他开始不自觉地捂着脖子后面。

“黑漆漆的走廊如此之多，”卡桑德拉心想，“我能知道去路实在算是幸运，想想看曾有多少人迷路啊。可怜的人们，这路看起来没有尽头，他们很快就会非常害怕，不过我知道我离主屋楼梯很近了，很快就能离开屋子到花园里去。”

后半夜菲尔德夫人决定留下来照看孩子，卡桑德拉只能一个人回菲尔德先生家。

“但是，”她心想，“我并不认为那扇映着月光的高窗就在那边。它在我后面的话会更像样些。或者应该在我左边。我肯定不是从这儿进来的。唉，我迷路了！真是的……走廊那头好像有两个猥琐的男人在说话，不过他们肯定烂醉如泥，看不到我。可是我却在这个我本不该来的地方。”

（卡桑德拉裹紧披肩。）“不过，”她低声说，“我为什么要害怕？”

"这该死的房子！"温布莱特吼道，"除了又黑又吓人的走廊以外就什么都没有了。弗雷德，你看见什么了？"

"只有一只猫头鹰。漂亮的白猫头鹰。这鬼东西在屋里干什么？"

温布莱特撞到墙上摔了一跤，大叫道："弗雷德！好家伙，把我的枪给我！"

"这就来，上尉！"弗雷德也叫嚷着。他应了温布莱特上尉，然后转眼就忘了这事。

温布莱特上尉笑着说："这儿，托拜厄斯小姐，到我们这儿来。"

"先生，"托拜厄斯小姐突然从黑暗中出现了，"你们在干什么？"

"这屋里有只该死的猫头鹰，我们准备打死它。"

托拜厄斯小姐看了看那只飞到窗户上的猫头鹰，飞快地说："哦，我知道你们完全不信邪。您二位大可以找机会去编一本无神论百科全书。我原谅你们粗鲁无知，但不赞成你们的行为。"

两位绅士看着她。

"猫头鹰是受乌衣王差遣的鸟，你们没听说过吗？"她问。

"别想吓唬我，托拜厄斯小姐，"温布莱特上尉说，"你希望我产生幻觉，以为自己在黑暗中看见了装饰着渡鸦羽毛的王冠。这屋子倒也适合玩鬼把戏。教训她，弗雷德！她说起话来跟我的家庭教师似的。"

“她像你的家庭教师？”弗雷德问，“我不知道。我有过好多家庭教师。她们全都走了。你不会离开我吧，托拜厄斯小姐？”

“不好说，先生。”

“弗雷德，”温布莱特上尉说，“又来了一只猫头鹰。两只漂亮的小猫头鹰。你就像智慧女神密涅瓦，托拜厄斯小姐，个儿又高又聪明，却从不听旁人的意见。有两只猫头鹰的密涅瓦。你的名字是简，对吗？”

“你该叫我托拜厄斯小姐，先生。”

温布莱特盯着暗处，抖抖索索地说：“弗雷德，约克郡那种游戏是怎么玩来着？他们把小孩留在黑暗中等待乌衣王的召唤。他们是怎么说的？”

弗雷德叹口气，摇摇头。“说什么‘心被吃掉’之类的。”他说，“我只记得这个。”

“它们一直盯着我们啊，弗雷德。”温布莱特说，“它们是非常凶猛的猫头鹰。我以前一直以为它们是怕羞的小动物。”

“它们不喜欢我们。”弗雷德高兴不起来了。

“它们更喜欢你，简。怎么回事？有一只飞到你肩上了。你不怕吗？”

“不怕，先生。”

“那羽毛，”弗雷德说，“那覆盖着翅膀和身体的羽毛，在它们俯冲时像火焰一样舞动。假如我是老鼠，我一定会以为那是来自地狱的火焰，要将我吞没。”

“确实。”温布莱特嘟哝着。他俩此时都看着猫头鹰在阴影中飞舞。随即一只猫头鹰突然尖啸起来，那凄厉的叫声几乎冻结了血液。

托拜厄斯小姐抱着胳膊，低头看着他们，依然一副温和的家庭教师的模样。“它们就是那样的，你知道，”她解释说，“首先要恐吓自己的猎物，把它吓得像石头一样一动不动。这是猫头鹰们残忍而野性的魔法。”

可是没有人回答她，因为走廊里除了她和猫头鹰以外没有任何人（每只猫头鹰嘴里都叼着点什么）。“小可爱，你们饿了吧？”托拜厄斯小姐仿佛允许它们吃东西了，“一、二、三，嚼一嚼，全吃掉。”

午夜时分，斯特兰奇先生觉得书本太过乏味，而夜色却如此甜美，便离开房间到果园去了。这座果园没有修围墙，只有一道草坡。斯特兰奇先生躺在梨树下，虽然他是想思考一些魔法问题，却很快睡着了。

片刻后他听见（或者说在梦中听见）一阵笑声和女人说话的声音。他一抬头，看见三位女士穿着白色的睡袍从草坡上走过来（宛如舞蹈）。星星环绕着她们，夜风拂动她们的袍子。她们迎风伸出手臂（确实是在跳舞）。斯特兰奇先生于是坐起，啧啧赞叹。他以为自己仍在做梦（情有可原）。

那几位女士停下脚步，观察草丛里的动静。

“那是什么？”托拜厄斯小姐问。

卡桑德拉向黑暗中望去。“是个人。”她很有把握地回答。

“老天，”菲尔德夫人说，“是个什么人？”

“一般人吧，我想。”卡桑德拉回答。

“卡桑德拉，我是说，”另一个不满地说道，“是个什么身份的人？”

乔纳森·斯特兰奇窘迫地站起身来，拍了拍身上的草叶。“女士们，”他说，“请原谅。我还以为我到了乌衣王统治的仙境。我还以为三位是蒂塔尼娅派来迎接我的仙女。”

三位女士沉默了一会儿。随即菲尔德夫人开口道：“呵，真会说漂亮话！”

“请原谅，夫人。我是说今夜如此美丽（我相信列位一定也这么认为），我因而联想到（只是肤浅之见）这也许是个充满魔法的夜晚，而诸位则可能来自魔法之中。”

“唉，”卡桑德拉说，“他满嘴胡说八道。别听他说了，亲爱的菲尔德夫人。托拜厄斯小姐，咱们走吧。”可她还是很好奇地看着斯特兰奇先生说道，“就你？你能懂什么魔法？”

“略知一二，夫人。”

“那么，先生，”她说，“我给你一点有用的建议吧。要是你对乌衣王和彼界的仙子们一直抱定这种古老观点的话，你是永远不可能精通魔法的。你没听说吗，他们都被斯特兰奇与诺瑞尔二位先生赶走了。”

斯特兰奇先生谢了她的建议。

“我们能教你的实在太多了……”她说。

“的确如此。”斯特兰奇抱着胳膊。

“……太多了，所以我们没时间也没兴趣。”

“那太遗憾了，”斯特兰奇说，“您真不打算教我吗，夫人？不再考虑一下？我上一位老师说我天资聪颖，能很快抓住问题要点。”

“你上一位老师是谁？”托拜厄斯小姐问。

“诺瑞尔。”斯特兰奇轻声说。

又是一阵沉默。

“你就是那位伦敦的魔法师。”卡桑德拉说。

“不，事实上，”斯特兰奇有点不高兴，“我是什罗普郡的魔法师，诺瑞尔先生是约克郡的魔法师。我们都来自乡村，不是伦敦人。至少在这一点上，我们俩是一样的。”

“你有点前后不一，先生，性格上有点自相矛盾。”托拜厄斯小姐说。

“的确，夫人，这点早已有人指出过。那么现在，女士们，我们很可能不久就会再次见面，我在此谨祝各位晚安。帕布林格小姐，我也回赠您一条建议（完全出于好意）：魔法就像佳酿，夫人，不习惯的话就容易醉倒。成功的咒语和陈年美酒一样醇厚有力，它会使你在次日早晨后悔自己之前说过的话。”

说罢他鞠了一躬，穿过果园回到屋里。

“一位魔法师到了惠别镇，”托拜厄斯小姐若有所思地说，“而且是在这种时候。嗯，我们不要被这件事分了心。看看明天会发生什么事吧。”

第二天发生的事情是：她们收到一份十分客气的邀请，伍德霍普先生希望惠别镇的女士们能赏脸于当天下午到教区长家里见见他妹妹。此番邀请中也包括了托拜厄斯小姐，尽管她一向不大去镇上（和伍德霍普先生也没什么交情）。

虽然三位女士都有点担忧（菲尔德夫人数次提到），但斯特兰奇先生仍以极好的风度欢迎了她们，分别向她们鞠躬致意，丝毫没有流露出先前见过她们的意思。

一开始，谈话只是些寒暄之辞，对于尚不熟悉斯特兰奇先生的女士们而言，他是个随和合群的人，所以当阿拉贝拉问他今天怎么不说话的时候也没人觉得不安。斯特兰奇先生说他只是有点累。

"唉，"斯特兰奇夫人对菲尔德夫人说，"他整晚都在看他的魔法书。这是魔法师们的通病，最终还不是一样害了他们自己。"她笑着看着她丈夫，似乎希望他也说点合适不合适的话。可他始终只是看着惠别镇的三位女士。

中途伍德霍普先生站起来，非常抱歉地说他还有些教区的事务要处理，一边看着帕布林格小姐，一边请求她们的原谅。他竭力暗示斯特兰奇先生也跟他走，所以斯特兰奇只好一起离开，留下女士们单独待着。

她们谈到斯特兰奇先生在评论季刊上发表的文章，特别是他极力证明乌衣王其人并不存在的一些段落。

"斯特兰奇夫人，"卡桑德拉说，"您会同意我吧，一位魔法师持有这种观点着实不同寻常，就连我们的历史学家也在史书里记述了乌衣王的生平事迹——足足有凡人一生的四五倍那么长。”

阿拉贝拉皱皱眉。“斯特兰奇先生不能只写他赞同的观点。您要知道，这其中很多其实是诺瑞尔先生的观点。诺瑞尔先生研习魔法多年，远胜于英格兰其他任何一位先生，他自然从中获益良多。他的意见在英国魔法界的确应该受到重视。”

“如您所言，”卡桑德拉说，“斯特兰奇先生岂不就是听凭诺瑞尔先生的意思写一些他自己也不大信服的东西吗？假如我是男人（或者更进一步，是个魔法师），我决不会写任何我不赞同的东西。”

“帕布林格小姐。”托拜厄斯小姐小声制止她。

“哦，斯特兰奇夫人知道我无意冒犯，”卡桑德拉说，“而我则应该就事物说出自己的看法。”

阿拉贝拉·斯特兰奇笑着说：“事情也不完全是你说的那样。斯特兰奇先生跟随诺瑞尔先生在伦敦学习了好几年，当初诺瑞尔先生发誓说他决不收徒弟，因此他收乔纳森为徒实在是莫大的光彩。你们知道，在英格兰只有两位真正的魔法师，而眼下英国正处于战时，还有什么比我国的两位魔法师争执起来更让法国人高兴的呢？”

几位女士一起喝了茶，剩下的时间里唯一的波澜，便是卡桑德拉和菲尔德夫人先后咳嗽起来。有好几次，斯特兰奇夫人都很担心她们。

当亨利·伍德霍普和斯特兰奇回来的时候，三位女士已经走了。斯特兰奇夫人和她的侍女站在走廊上，手里分别拿着一块白色的亚麻布。侍女正大声说着什么，一时间淹没了乔纳森·斯特兰奇的声音。

“怎么回事？”他问。

“我们发现了一些骨头，”他妻子非常疑惑地说，“一些很小的白色骨头，好像是什么小动物的。还有两小块灰色的毛皮，像空豆荚。来看看，亲爱的，你是魔法师，跟我们讲讲这是什么。”

“是些老鼠的毛皮和骨头。猫头鹰消化后会把它们吐出来。看，”斯特兰奇说，“这些毛皮都是里面向外的。很奇怪，不是吗？”

斯特兰奇夫人对这个解释很不以为然。“这么说的话，我倒更加奇怪了，”她说，“这些骨头是从帕布林格小姐和菲尔德夫人擦嘴的餐巾布里找到的。乔纳森，你不会是说这几位女士吃老鼠吧？”

天气持续晴好。伍德霍普先生送他的妹妹、菲尔德夫妇及他们的侄女去山上看风景，并在山坡上一片漂亮的树林边野餐。斯特兰奇先生骑马跟在后面。整个野餐期间他再次非常仔细地观察她们，野餐后斯特兰奇夫人再次认真提到这种严肃古怪的态度完全不是他的作风。

几天后斯特兰奇先生独自骑马外出，去马路边找附近的农夫和旅店老板聊天。伍德霍普先生解释说斯特兰奇总是这么古怪，最近几天更是一副伦敦人的傲慢架子。他还说这种状况愈发严重了。

这天（也是斯特兰奇夫妇看望他们兄长的最后一天），菲尔德夫人、托拜厄斯小姐和卡桑德拉一起去惠别镇光秃秃的山坡上散步。一股和煦的微风拂过草地。光与影互相追逐着一闪而过，仿佛有一扇大门在天上打开又关上。卡桑德拉提着她帽子上的蓝丝带（她一直就没戴帽子），远处一位先生骑着黑母马向她们走来。

走近之后，斯特兰奇先生微笑着和她们寒暄了几句风景天气之类的话，他似乎比过去两周健谈得多。三位女士没和他说什么，但斯特兰奇先生并不是那种听众不想听他便不说话的人。

他讲了他做的一个离奇的梦。

“之前有乡下人告诉我，魔法师不应该把自己做的梦告诉别人，因为言谈会使它们变为现实。但我认为这是胡说。托拜厄斯小姐，你懂得这个问题，能说说你的意见吗？”

托拜厄斯小姐没说话。

斯特兰奇又说：“我这个梦是在非常古怪的情况下做的，菲尔德夫人。昨天夜里，我把一些正在研究的小骨头拿到床上。我把它们塞在枕头底下，然后就睡着了。斯特兰奇夫人要是知道了这事肯定会唠叨很久。不过妻子与丈夫之间并不需要每件事都以实相告，对吧，菲尔德夫人？”

菲尔德夫人也没说话。

“这个梦是这样的，”斯特兰奇说，“我在梦中和一位绅士（一位非常英俊的先生）讲话。他的相貌十分真切，但我敢肯定我从未见过这个人。不知为什么，我们握手的时候他很犹豫。他看起来有点尴尬还有点害怕。可是，当他把手伸出来的时候，那竟然不是人的手，而是长着灰色毛皮的小爪子。帕布林格小姐，我听说你很擅长给镇上的孩子们讲故事。也许你能解释我的梦？”

帕布林格小姐也保持沉默。

“我和我妻子到达惠别镇的那天，另一些人也到这儿来了。他们现在在哪里？那个坐在双轮马车里的又黑又瘦的人在哪里？别人连他是男是女都没看清楚。”

托拜厄斯小姐开口道：“派小姐坐我们的马车回赖盖特去了。我们的马夫戴维送她回她妈妈和姨妈家，那里有人真正爱她，一心期待着能与她重逢。”

“那么杰克·霍格呢，上尉的那个仆人？”

托拜厄斯小姐笑了：“哦，他眼见留在这儿没好处，就一溜烟地逃走了。”

“那么亚瑟·温布莱特呢？还有弗雷德里克·利特沃斯呢？”

她们不说话了。

“唉，女士们，你们都干了些什么？”

片刻之后，托拜厄斯小姐再度开口：“那天晚上，当温布莱特上尉和利特沃斯先生……离开我们之后，我看见了一个人，站在走廊另一头。光线太暗了，我只看见是个瘦高个，肩上有鸟儿在扑打着翅膀。斯特兰奇先生，我个子高，那时候，鸟儿就在我肩上扑打翅膀……”

“这么说，那不过是你的影子。”

“影子？此话怎讲？”托拜厄斯小姐问，“走廊里没有镜子。”

“那么你是怎么做到的？”斯特兰奇先生不太有把握。

“我说了约克郡游戏里的那句话。即使是你，斯特兰奇先生，也该知道约克郡游戏里的那句话。”托拜厄斯小姐不无讽刺地笑着，“不管怎么说，诺瑞尔先生也算是约克郡的魔法师，不是吗？”

“‘拜谒您，吾王，务请接纳我的心。’”斯特兰奇说。

托拜厄斯小姐点点头。

此时轮到卡桑德拉说话了：“可怜的人，你竟然不确信你心中所想的东西是真实的，还不得不在评论季刊上发布违心的观点。你能回到伦敦去讲这件奇怪的事情吗？你肯定会认为这件事从头到尾都是些胡说八道，不受诺瑞尔先生待见——什么乌衣王啦，有魔法的动物啦，会法术的女人啦。你不会明白的，我们三人紧密联系在一起，而你，先生，你的全部聪明才智都放在战争和你自己身上了。假如某一刻你的头脑和心灵发现了真相，我希望你回到惠别镇，那时你可以告诉我们哪些魔法可以使用，哪些则不能使用。”

这次轮到斯特兰奇不说话了。惠别镇的三位女士向他道了早安便走开了。菲尔德夫人径自对他笑了一下（充满怜悯的那种）。

斯特兰奇夫妇回到伦敦后的一个月，伍德霍普先生十分意外地接到了政治家沃特·坡爵士的来信。伍德霍普先生从未见过此人，但沃特爵士却写信邀他去北安普敦郡的大希瑟顿供职，待遇优渥。伍德霍普先生只能认为这是斯特兰奇的手笔——据说斯特兰奇和沃特爵士是朋友。离开惠别镇，离开帕布林格小姐让伍德霍普先生倍感难过，但他安慰自己说大希瑟顿也有很多年轻漂亮的女子，就算没有的话，呃，他好歹也能当一个比在惠别镇更加富有的牧师，这也许能调剂一下他孤独的生活。

那天下午卡桑德拉·帕布林格小姐听到这个消息的时候只是笑了笑，然后就趁着秋高气爽，和菲尔德夫人及托拜厄斯小姐一起去山坡上散步了——“和本国所有女性一样自由。”帕布林格小姐说。

贪婪
山

孩提时代，我住在贪婪山另一侧的昆斯医生家。有时透过窗户可以望见贪婪山（山中有法利赛人居住），在冬日的微光中，那座山仿如一艘细长的棕色大船航行在灰色的海洋上，更远处昏暗的树林里还能看见星星点点的银光。

我母亲是昆斯医生的看护兼厨娘。医生是位老派而博学的绅士（长着一张很难看的马脸，形容枯槁，胡子稀疏，眼睛灰白湿润）。这位老好人很快就发现了我母亲未能发现的事情：我天性不适合打扫牛栏或者烤蛋糕或者纺织等等这一系列的事情，她希望我学习拉丁文、希腊文和历史，于是他教给我这些。他一直盘算着让我学习希伯来文、几何学和数学，并计划今年教我，可惜造化弄人，去年夏天还没过完他便死了。

可怜的医生去世那天我母亲烤了五个馅饼。如今心怀恶意的人总会像嗡嗡乱飞的苍蝇一样，四处散布流言蜚语，其实（我母亲烤的）那几个馅饼都小得出奇，而我呢，当时出于某种突如其来的原因，突然感觉饥饿难耐，便把它们全部吃了，母亲还为此和我大吵了一架。她怒不可遏地诅咒我将来必遭灾祸（穷困潦倒，嫁给乞丐或吉卜赛人，诸如此类）。但是奥伯雷先生说，我这样的美人不会无人问津；也的确如他所言，我和约翰·索雷斯顿爵士结了婚，搬到风笛馆生活。

风笛馆是座无比可爱的老式建筑，仿佛总在阳光下微笑。它的历史十分悠久（也许可以追溯到所罗门王时代）。屋子周围有大片草地，高过屋顶的古木就像神话时代高大的绅士淑女们一般披着金色光芒织就的长袍。阴暗的小径上则覆盖着水薄荷、百里香等芳香四溢的植物，夏天我和达芙涅穿过这些植物时，恍然感到天使的气息正环绕着我们。

约翰·索雷斯顿爵士时年二十三岁，中等身材，黑眼睛，举止潇洒。可是他极少微笑，只在别人都笑的时候也跟着笑笑罢了。他小时候曾被巨大的悲痛和可怕的愤怒折磨过，因而造成了这种叫邻居、朋友和仆人无不畏惧的性格。也许是因为他过于完美（年轻、美貌、财富，不一而足），上天也嫉妒，所以对他施加了可怕的诅咒。我们有一只在婚礼那天出生的小狗，只有三四周大，走路总有点歪歪倒倒，它喜欢在约翰爵士吃完饭坐着休息时爬到他肩上去，好像特别喜欢他似的。但是有一次一匹马从窗户里探头进来，它吓坏了，竟然把约翰爵士的一件外套弄得臭气熏天，他便把它装进一只麻袋，淹死在马厩的水槽里。我们管那小狗叫“小迷糊”，因为（达芙涅说）不管什么事情都能把它弄得迷迷糊糊。（但我觉得它对自己的死因肯定也迷迷糊糊的。）约翰爵士现在有三条大黑狗，他最喜欢的事情就是去贪婪山上打猎。

结婚两个月后，我和约翰爵士前往剑桥拜访名医理查德·布莱克斯旺，以期治好他的忧郁症。我们还随身带了个水晶瓶，里面装着一些他的尿液。布莱克斯旺大夫走到一间挂着黑色天鹅绒帘子的密室里跪下祈祷。随后天使长拉斐尔就（和布莱克斯旺大夫以往无数次祈祷时一样）在密室中现身了，并审视着约翰的尿液。布莱克斯旺大夫告诉我们，拉斐尔凭着颜色（鲜红如血）就知道病因了，令约翰爵士如此郁郁不乐的原因是他周围缺乏睿智的谈吐。天使长拉斐尔还说，约翰爵士必须将众位学者请到家中，通过哲学、几何学、修辞学、机械理论等学问来锻炼他们的头脑；约翰爵士则通过倾听他们的讨论来促使自己的思想以更愉悦的方式运转。

约翰爵士对这个诊断结果非常满意。回来的路上我们一起大声歌唱。我们实在太高兴了，连他的三条大黑狗也高声叫起来，跟我们一起称赞博学的布莱克斯旺大夫和天使长拉斐尔。

当天晚上我们回到家，我正独自在高大的古木间散步，不期然遇见了斯洛泼太太（我的母亲）。

阿比盖尔·斯洛泼太太，孀居；骨瘦如柴；脸庞有如长绿霉的奶酪勺子；已故希罗尼穆斯·昆斯医生的厨娘兼看护；每次昆斯医生故意使坏念希伯来语（而她误以为是咒语）的时候就会紧张，这嘲弄她无知的把戏未免刻薄，我却无力劝阻；害怕的时候她会自言自语；养着两只英格兰老猫（白毛蓝点），一只名唤所罗门·格兰迪（四岁），另一只叫作蓝皮（十岁），以及一头奶牛波莉·迪德尔（一岁）；1675 年她在昆斯医生花园的红醋栗树下埋了一罐银币，但不久后医生去世，房子也立即被卖掉，为寻回银币她遇到了巨大的困难，迄今仍未克服。

“晚上好，我亲爱的妈妈，”我对她说，“到屋里来吃些点心喝点酒吧。”

可她没搭理我，只是盯着整个花园，双手使劲绞她的围裙。“啊，”她说（眼睛看着山毛榉树，好像在和树说话），“我闺女会怕得要死的！”

“不，我没有害怕，”我说，“你紧张什么？放松点，好妈妈，跟我说说你在怕什么。”

可她非但不搭理我，反倒在花园里跑来跑去，一会儿冲着欧石楠花丛抱怨我忘恩负义，一会儿又冲着小橘树说我完全不爱她。

“喂，妈妈，”我大声说，“我本来不想生气的，但是你不跟我说说到底怎么回事的话，我可真的要生气了！”

她听见这话，把脸埋在围裙里，非常伤心地哭起来，随后又突然停下来。

“好吧！”她回答（那神情好像是在对着那座傲然俯看她的天神朱庇特雕像说话），“你可还记得可怜的老医生死去那天我烤了五个馅饼，全被我闺女吃了，一个不剩？”

“唉，妈妈，”我说，“你怎么又开始翻旧账了？不过是小几个馅饼而已！”

“不，没这么简单。”她继续对朱庇特说（好像这位大神反驳了她似的），“总之，”她说，“我被吓得手忙脚乱，我跟所罗门·格兰迪和蓝皮说……”（那是她的猫）“……我跟它们说，我闺女今天居然吃了五个馅饼！五个啊！然后我一抬头，正看见约翰·索雷斯顿爵士骑着他的小马驹过来，像块小黄油一样嫩。他问我：‘斯洛泼太太，你刚才说什么？’哈！我知道约翰·索雷斯顿爵士很喜欢我闺女，我知道他经常隔着接骨木树丛偷看我闺女，我当然不能说我闺女吃了五个馅饼。所以我骗他说，我闺女今天纺了五束亚麻线……”

“妈妈，”我叫起来，“这不可能！你不可能跟约翰爵士说了这种谎话！”

“哦，可是，”她回答，“我真说了。而且这对我闺女有益无害。约翰·索雷斯顿爵士看着我，那双漂亮的眼睛就像从他脑子里跳出来的巧克力，他说：‘哦，天哪！我从来没听说过有人能一天纺五束亚麻线！斯洛泼太太，把你女儿嫁给我吧，就在这个礼拜天。’‘很好，’我说，‘可是她能不能吃到所有她喜欢的点心，穿所有她喜欢的衣裳，和所有她喜欢的人交朋友呢？’‘可以！’他说，‘都可以！不过在结婚第一年的最后一个月，她必须每天替我纺五束亚麻线，否则……’”

“否则什么，妈妈？”我担心地问。

“哦，”她嚷道，“我就说她会害怕的！我就说过！我让她结了一门好亲事，当上了阔太太，随心所欲地吃好吃的，穿好衣裳，认识大人物，可她居然忘恩负义！不过，”她拍拍自己的鼻子，狡猾地说，“我闺女不会有事的。约翰·索雷斯顿爵士仍然很爱她，根本就忘了亚麻线这回事……”

她在玫瑰、山毛榉和花园雕像之间这样辩解了一番便走开了。

可是约翰·索雷斯顿爵士不会忘记任何事情，这点就和贪婪山上住着法利赛人一样毋庸置疑，到我们结婚第一年最后一个月的第一天，他肯定会问我亚麻线的事情。一开始我真想痛哭一场，但随后我想起昆斯医生讲过的那些高贵贤能的罗马女子，无论经受多么大的痛苦她们都不会流泪；而我呢，我有一个聪明的头脑，无数好主意在里面来了又去，更何况我还有张天使般的面孔。“怕什么，”我对自己说，“绝对有办法解决这个问题。”我立马决定把这办法找出来。

约翰爵士去伦敦寻访能助他治愈忧郁症的聪明人。他很快便找到了；对这些学者来说，实在没有比住到有钱人家并受其供养更美妙的事情了。约翰·索雷斯顿爵士结识了奥伯雷先生，很急切地邀请他到风笛馆来，而奥伯雷先生呢，出于另一个原因（因无力偿还高额债务而面临被捕的风险！），也同样急切地希望立即出发。

奥伯雷先生立志记下一切他所知的前朝风俗。他有股白兰地加粉笔的味道，全身上下沾满墨水点。他在每一个衣服口袋里都揣着纸条，以便随时撰写他的历史学。他是英国皇家学会的会员，也是我的好朋友。他记录了所有伟大英明人物的生平，好让他们的事迹可以流芳百世。奥伯雷先生认为自己就像是在旧时代这艘沉船中拾取船骨和遗物并把它们摆放在沙滩上的人。“不过，”他说，“遗忘的潮水才是它们的归宿。”

多年以来，奥伯雷先生一直希望到访这个地区，因为这里有无数的古代英灵，可是，用奥伯雷先生的话来说，如果没有一个热心而睿智的人来为他们著书立传的话，他们转瞬就会消亡，在后世的传说中湮没无闻。奥伯雷先生虽然渴望实现这个计划，但却因资金匮乏而受阻，而且这一带也没有哪个朋友会高高兴兴地欢迎他来长住。奥伯雷先生曾经富甲一方，有封地，有庄园，有农场，还有成群的牛羊，以及（我猜）大箱大箱的金银财宝。不过在历经法律的审判、命运的捉弄和亲人的离弃之后他失去了这一切。他说没有任何东西能像法律条文一样让学者流泪发疯了。“不过，”他又说，“我现在很快乐，米兰达，我的麻烦结束了。”随后他问我借了三镑钱。

其他学者也很快就来了。他们都非常著名。梅尔卓斯先生是个安静和蔼的绅士，一袭灰衣，作为昆虫方面的专家，他收藏了 237 只死虫子，全装在一个盒子里。谢普勒斯先生确定了伦敦城的建城日——这相当于伦敦的生日，因此他可以按星相学理论给伦敦算命：他知道伦敦的全部未来。福克斯顿博士因“康沃尔人是鱼类”这一无可辩驳的观点而为人所知。他鬈曲的胡须自然也就成了智慧的象征。

整个冬天，学者们高谈阔论，约翰爵士非常高兴。可是他过去的不幸给他留下了后遗症，任何事物在开始的时候越是讨他喜欢，到最后就越是令他厌恶。开春之后，他开始在私底下叫他们天杀的、下流坯、酒鬼、恶棍；全然不论他们学识渊博，只抱怨他们吃得太多，还皱起眉头阴起脸盯着他们，直盯得他们胃口全无，连一小块面包也啃不动了，只能闷闷不乐地枯坐一旁。很快夏天到了，约翰爵士和我马上就要结婚一年了。我绞尽脑汁想办法，直到最后一天才终于想到了。

这天我和学者们坐在一棵正对着贪婪山的大山毛榉树下。

梅尔卓斯先生叹气道："先生们，我们真是一群不幸的学究。可怜的约翰爵士还是一如既往的忧郁。"

"是啊，"谢普勒斯先生附和道，"但至少我们使得索雷斯顿夫人……"（他是说我）"……非常快乐。她喜欢听我们讨论学问。"

"这是两码事，"奥伯雷先生说，"米兰达一向都快快乐乐的。"

"奥伯雷先生。"我说。

"米兰达，什么事？"

"奥伯雷先生，有一件怪事我想向您请教。"我对他说，"迄今为止我一直住在贪婪山脚下，但我却从未见过法利赛人。"

"法利赛人？"奥伯雷先生问，"孩子，你这是什么意思？"

"他们住在山上，"我告诉他，"或者山下，这个我不清楚。他们会把挤奶工掐得青一块紫一块的。有时候他们会扫地、喝掉奶油或者在鞋子里留下银币。他们戴着白帽子，能指挥马匹和鳕鱼，能骑在草茎上四处飞行，常常会飞到法国国王的酒柜里，喝光银杯里的酒，然后等着看坏人被绞死——如果愿意，他们是可以救下这个人的。"

"哦！"福克斯顿博士明白了，"她是说'仙子'*。"

"对，"我说，"就是他们。法利赛人。我从没见过。昆斯医生说他们已经不像从前那么人丁兴旺了。昆斯医生说法利赛人已经离开了英国，再也不回来了。我一个都没见过。可是很多值得我们铭记的

* "法利赛人"（Pharisees）是一个犹太人宗派，出现在《圣经》中，以严守犹太教律法为特征，在英语中和"仙子"（Fairies）谐音。——标 * 者为译者注，全书同。

古人都在贪婪山见过他们，他们骑着病歪歪的小马成群结队地跑，都心情悲伤似的低着头，很快就跑进漆黑的山洞和蓝色的树荫里去了。我想说的是，对历史学家而言，再没有什么工作比研究法利赛人更有意义，也再没有什么地方比贪婪山脚下的风笛馆更适合一探其究竟，因为他们就住在山上。奥伯雷先生，您知道召唤法利赛人的咒语吗？”

“知道一些！”他回答，“阿什摩尔先生（这位备受尊敬的文物学家把藏品都放在了牛津）都写下来了。”

“奥伯雷先生。”我说。

“米兰达，怎么了？”他说。

“奥伯雷先生，您能让我见识一下这些咒语吗？”

他还没来得及回答，梅尔卓斯先生就皱起眉头问这些咒语是否有效。

“我不知道。”奥伯雷先生答道。

“我们首先要召唤谁呢？”福克斯顿博士问。

“蒂塔尼娅。”谢普勒斯先生建议道。

“普通的法利赛人就好。”我说。

“为什么，米兰达？”梅尔卓斯先生问。

“哦，”我说，“他们可以做很多事情呀：烤蛋糕、赶羊群、掼黄油、纺线……”

所有人听了这话都大笑起来。

“你的侍女也能干这些事，”谢普勒斯先生说，“我们主要是想弄清楚仙族的政治。因此最好是召唤仙后。而且，”他补充道，“她可能会给我们礼物。”

“但是，”梅尔卓斯先生说，“只有英俊的年轻人才会得到她的礼物。”

“我们够英俊了。”谢普勒斯先生答道。

福克斯顿博士认为和仙子谈话最主要的问题在于他们随时都可能消失，所以大家最好把想知道的事情都罗列出来——这么一来，如果哪个仙子愿意和大家说话，按照清单提问会方便得多。

问：仙灵一族中是否存在宗教信仰?

福克斯顿博士说，康沃尔郡曾有仙灵女子听见一位可敬的绅士在祈祷，她便问像她这样的仙子是否也能得到救赎和永生。那位绅士说不能。于是她失望地哭嚎着从悬崖上跳入泛着泡沫的大海。福克斯顿博士说，这个故事是他从一个终身厌恶谎言的义人那里听来的，否则他也不会相信此事。满怀慈悲之心的梅尔卓斯先生甚至为此落泪了。

问：他们之间是否有婚姻关系?

谢普勒斯先生说，他们肯定不可能像基督徒或者斑鸠那样忠贞地生活在一起，他们共享所有的仙女。梅尔卓斯先生说了声“嗯”。奥伯雷先生“哈”的一声大叫，飞快地记下这点。

问：他们是否（像某些人说的那样）是一个衰落的种族，完全不复往日的兴盛？

问：他们的政体是君主专制还是联邦共和？

问：如果是君主专制的话，那么他们的国王和王后是否会（如传言那样）吵架？

问：王后是不是任何事都一概不能做主？

他们一气提了四十二个问题准备去问那倒霉的法利赛人，到最后还为删减哪些问题争执起来。

“约翰·索雷斯顿爵士来了！”福克斯顿博士低声说。

“奥伯雷先生！”我叫他。

“米兰达，怎么了？”他问。

可是我已经没时间告诉他我想干什么了，因为约翰爵士催我回屋。

“哦，亲爱的，”我对约翰爵士说，“怎么了？别让那些学者看见你这么阴沉！他们希望让你高兴。”

“约翰爵士，我们这是去哪里？”我又问，“我之前从没见过这道小楼梯。是你小时候发现的吗？你想让我看的就是这个吗？”

“我从没见过这间屋子，”我继续说，“你的三条狗也在，它们正在抢骨头哪。约翰爵士，这种大狗难道喜欢被关在小屋子里吗？这个小纺车又是干什么用的？”

“米兰达，”约翰爵士开口了，“你太年轻，所以我常常克制住自己不发火。你常常举止傲慢，夸夸其谈，完全不是淑女作风。”

“哦，不，亲爱的，”我辩解道，“你搞错了，那是我爱你的表现。”

“也许吧，”他说，“我不知道。有些时候，米兰达，我对此半信半疑……但是，世间所有的男女都在撒谎。从母亲的乳汁里他们就喝下了谎言。孩子们喜欢帮着同伴撒谎。我身边的人整日说着虚妄之言……”（他是指我们的仆人、邻居、律师、亲戚之类）“……但我只当他们是蚊子蜜蜂在蜇人咬人。而你撒的谎，米兰达，则像利剑刺入我的骨髓，切开我的心脏。你嫁给我的时候发誓说将用一个月的时间每天纺五束亚麻线……”

“一天纺五束亚麻线……啊，约翰爵士，从来没有人能办到这一点！”

“米兰达，我希望你没有撒谎。米兰达，做妻子的应该服从丈夫的意志并加以执行，只有这样才能使他不至于获罪。迫使人获罪是十分邪恶的事情。盛怒杀人便是如此。”

他想到这点甚至流下泪来，但并不是为我。他只是为他自己那郁郁不乐的灵魂流泪，他认为要是他杀害了我将是他的不幸，而我却命该如此。

“啊，”我高兴地叫起来，“别担心，亲爱的！我当然会每天为你纺又细又软的丝线。达芙涅和我还会用这些线给你做衬衣，你穿上衬衣的时候会感到仿佛是我在亲吻你。”

但是他关上门把我锁在屋里，自己走开了。

我从窗户里看见学者们仍旧坐在山毛榉树下。约翰爵士一走他们就都高高兴兴的了。日落时分他们喝酒唱歌，为彼此的健康干杯，为他们年轻时梦想中的牧羊女歌唱。最后他们手挽手唱着歌睡觉去了。

少许光线从半开的厨房门里透出来，照在薰衣草花丛上。达芙涅看了看四周。（达芙涅·巴伯拉罕：米兰达·索雷斯顿夫人——即我本人——的贴身侍女；黄头发；总有股好闻的迷迭香味道；还有一红一蓝两条长裙。）她轻轻叫道：“夫人，夫人。”随后她又来到小径上，四下张望。眼见找不到我，她十分紧张，生怕我已经被约翰爵士淹死在马槽里了。

“啊！”她看到我不禁叫起来，“你在那地方做什么？那小窗户是从哪里冒出来的？我马上到你那里去，好夫人！”

“别，”我对她说，“睡觉去吧。今晚我就睡在这里。心血来潮而已。”

“可是我听见一些可怕的声音。”她说。

“只是一些看门狗。”我安慰她，“晚安吧，好达芙涅。上帝保佑你。我一点儿也不害怕。”

整整一夜，那三条狗咆哮着尖叫着，仿佛它们做梦都在贪婪山上追猎我。

第二天一早，约翰爵士给我拿来一些亚麻和食物就走了。窗外涌起银色的晨雾，笼罩了风笛馆。世间万物（意即乔木、树篱、喷泉、山、农舍、牛、鸡、蜜蜂、马等等）都在银色的空气中变得淡而灰白。贪婪山周围映着金色的光芒，但太阳却并未照到山顶。此时百鸟歌唱，枯萎的玫瑰被沉甸甸的露水压弯了腰。

四个穿长袍的灰色身影来到大门口的山毛榉树下。其中一人打了个喷嚏，抱怨空气太新鲜太刺鼻了，说这完全不适合人类。另一个灰色的人影正后悔前夜吃了太多奶酪和鲱鱼。第三个则担心法利赛人会把他带走。

福克斯顿博士有一顶魔法帽，（他认为）是老巫师西蒙·弗曼戴过的。他把帽子扣在头上。太阳升上了贪婪山。奥伯雷先生开始用十分清晰的声音念咒语，净是些魔法词汇，就像布丁里的李子干一样多。

“吾人，约翰·奥伯雷，唤汝之名，王后蒂塔尼娅，以……”

我仔仔细细地听着，重复他说过的每一个字，只不过在他说“王后蒂塔尼娅”的时候我就说“法利赛子民”。

“……施咒，直接对汝发号施令，凭四字圣名，凭阿尔法和欧米伽，凭一切高贵可敬……”*

笼罩风笛馆的晨雾变成了玫瑰色，随后变蓝，然后又变回银灰。我听见兰花丛中传来一阵响动。那只是三只小鸟飞起来的声音。

“……以忠实温顺之态出现在吾人真实视野中，绝无丝毫谬

---

* “四字圣名”指的是 YHWH，即希伯来人所称之上帝耶和华。“阿尔法和欧米伽”典出《新约·启示录》，指耶稣。

误、虚伪和谎言。助吾解决一切问题，达成一切目的，无论请求或要求……”

笼罩风笛馆的薄雾变成了金色。我听见鸡舍里传来一阵响动。那只是狐狸要窜回它在林中的家了。

“……快，快，快，快，来，来，来，来。急急如律令，急急如律令。阿门，阿门，阿门……”奥伯雷先生顿了一下，随后响亮地说了一声，“以下省略！”

先前笼罩着风笛馆的薄雾变成了雨滴。我听见窗台底下有点响动，但搞不清那是什么。

随后是很长一段寂静。

福克斯顿博士率先叹气道：“人人都知道那仙后不可信任。她反复无常。”

谢普勒斯先生（很刻薄地）说：“也许她只是不喜欢你的帽子。”

突然间家里的三条狗开始狂吠，并且非常奇怪地上蹿下跳，仿佛神魂已然颠倒。它们实在有些吓人，并且叫唤了很长时间，我只好躲在角落里。

一个声音突然说：“女人，你叫我干什么？”

“哦，”我答道，“你是法利赛人吗？”

那是个黑色的东西，有毛，腿长得像水壶把手，脸很难看，还有条长长的黑色尾巴，这让我大为惊讶。爱尔兰人倒是长着尺把长的尾巴（我想这是常识），但我从来不知道法利赛人也长尾巴。

“你是个好法利赛人还是个坏法利赛人？”我问。

那个法利赛人把他那又长又黑的尾巴甩来甩去，好像在思考我的问题。“这你管不着。”他最终看着窗户的方向说道，“你家草地上站着四个糟老头子，还有一顶怪模怪样的帽子，都乱成一团了。”

“哦，”我说，“他们正因为咒语失败而沮丧呢！不过我却把你叫来了。”

“我才不稀罕这种老掉牙的烂咒语，”那黑色的小东西边说边用一根兔子骨头剔牙，“不过我很想知道你叫我来干什么。”

我便跟他说了整件事，从（异常小巧的）馅饼开始到五束亚麻线为止。“事实就是，法利赛人，”我对他说，“我天生就和酿酒、烤饼、纺织之类的事情无缘，我只懂得拉丁文、希腊文和历史；我纺线的本领甚至比不上一只苍蝇。”

法利赛人考虑了一下我的处境，最后说：“这件事交给我。每天早晨我会到你窗台上，给你带来头天夜里纺好的五束亚麻线。”

“啊，无比无比地感谢你！”我说，“你真是帮了我天大的忙。但是，你知道，我听说法利赛人做了好事都不会索要任何报酬或者谢礼。”

“你听人家这么说过吗？”那个黑色小家伙一面挠他的胳肢窝一面说，“唔，女人，那传说是错的。”

“啊！”我说。

法利赛人用他的小黑眼睛盯着蹲在角落里的我：“每天晚上我允许你有三次机会猜我的名字；如果你在这个月之内没能猜中我的名

字，女人，你就跟我走！”

“哦，好吧。”我说，“我应该可以在一个月之内猜出来。”

“你觉得你行，是吧？”那法利赛人一边笑一边摇他的尾巴，“这三条狗叫什么名字？”

“哦，”我回答，“这我知道，它们叫柏拉图、苏格拉底和欧几里得。约翰爵士告诉过我。”

“错，它们不叫这个。”法利赛人说，“一个叫十恶不赦，一个叫罪加一等，一个叫罪大恶极。它们亲口告诉我的。”

“啊！”我答不出话了。

“同样，”那个法利赛人非常得意地说，“你也不知道你自己的名字。”

“我叫米兰达·斯洛泼，”我说，“……我的意思是说，米兰达·索雷斯顿。”

法利赛人大笑道：“女人，你是我的了。”

随后他拿起亚麻飞走了。

整个白天，小屋里充满着树叶阴影洒落在白墙上形成的淡淡光线。

当屋里的微光与日暮的光线融为一色时，那个法利赛人回来了。

“晚上好，法利赛人，”我说，“你还好吗？”

那黑黑的小东西叹气道：“一般吧。我的耳朵听不大清了，而且脚也怪怪地疼。”

“真糟糕。”我说。

“我把亚麻线带来了。”他说，“现在，说说我叫什么名字吧。”

“是叫理查德吗？”我问。

“不，不是。”那黑家伙晃着他的尾巴否定道。

“唔，那么是乔治吗？”我又问。

“不，也不是。”那黑家伙继续晃着他的尾巴。

“是尼哥底母？”我问。

“不，也不是。”说完那黑家伙就飞走了。

说来奇怪，我竟然完全没听见约翰爵士进来的声音。直到看见他的影子跳动着映在墙上我才发现。他看见五束纺好的亚麻线时显得非常惊讶。

每天早晨他都给我拿来亚麻和食物，每次他一来那些黑狗就很高兴，但却比不上法利赛人来时的高兴劲。他一来它们就乐疯了似的蹦跳着，还使劲嗅他，好像他香得跟玫瑰一般。我坐在一边回忆我听说过的所有名字，但从来都没猜对过。每天晚上法利赛人都带来纺好的亚麻线，每次他都离我更近一些，而且也越来越频繁地摇尾巴，似乎很高兴。“女人，”他说，“你肯定是我的了。”而每天晚上约翰爵士来拿亚麻线的时候都很疑惑，因为他知道有那三条狗守着，除他之外任何人都不能接近我。

临近月末的一天，我向窗外望去，被一大群愁眉苦脸的仆人吓了一跳。他们正慢慢离开风笛馆，黄头发的达芙涅也在其中，眼泪汪汪的。山毛榉树下站着四位学者，同样被这幅景象惊呆了。

“约翰爵士，约翰爵士，”奥伯雷先生叫道，“仆人们这是要去哪里？他们走了谁来照看索雷斯顿夫人？”（约翰爵士告诉他们我病了。）

约翰爵士弯腰对他们小声说了些什么，他们全都吓呆了。

“不，绝对没有！”谢普勒斯先生说。

奥伯雷先生直摇头。

福克斯顿博士非常严肃地说：“我们是学者，是绅士，约翰爵士，我们不纺线。”

“确实。”梅尔卓斯先生附和道，“我不会纺线，但我会做馅饼。我在书里看到过，应该会做。先取一些面粉，加入水和葡萄干，再加肉，随便哪种，你喜欢就好，也许还要加一些鸡蛋，然后……”

福克斯顿博士（前文法学校教师）敲了他的头叫他安静。

约翰爵士走了以后，学者们纷纷说风笛馆现在变得沉闷压抑。谢普勒斯先生说，也许应该趁此机会回到广阔的世界中去。但是所有人都认为应该等到索雷斯顿夫人康复，并且都同声赞扬我善良可人。梅尔卓斯先生一抬头。“怎么回事！”他大声说，“索雷斯顿夫人在那扇被树叶遮掩的小窗户里！”

“米兰达！”学者们叫起来。

福克斯顿博士挥舞着他的帽子。谢普勒斯先生向我飞吻了不下二十次。梅尔卓斯先生把手放在胸口上祈祷。奥伯雷先生只是看着我微笑。

“早安，学者们！”我向他们问好，“你们找到法利赛人的王后了吗？”

“还没有，”福克斯顿博士说，“不过我们又想到了八十四个问题等她出现的时候一起问。”

奥伯雷先生问：“米兰达，你好些了吗？”

“我觉得好多了，”我回答，“到月底我大概就全好了。对了，亲爱的学者们，我得告诉你们我做的一个怪梦。我梦见如果知道了法利赛人的真名就能更容易地召唤他们。”

“对呀，米兰达，”奥伯雷先生说，“很多仙子都有秘密的名字。”

“那你知道吗？”我问。

学者们凑到一起，展开了一场严肃的讨论，最终达成一致。

“不知道。”奥伯雷先生说，“我们不知道。”

转眼到了最后一天。早晨我又看着窗外，贪婪山上下了一场雨，树木被冲洗得鲜嫩碧绿。约翰爵士拿亚麻和食物来的时候，我对他述说了我的见闻。

“贪婪山上有鹿。”约翰爵士想了想回答道。

“是的，”我说，“还有很多别的东西。我记得刚结婚时你曾说过，世间的一切娱乐都比不上去贪婪山上打猎，杀掉那些野兽，再回家亲吻你心爱的米兰达。我想你也许应该把狗也带上，让它们闻闻青草的味道。再带上你那些博学的客人，约翰爵士，就这样去贪婪山上打猎吧。”

约翰爵士皱起眉头想了想，那几条狗也许还是留在屋里比较好，毕竟一个月还没结束。但是微风穿过窗棂，带来了贪婪山上甜美的草木气息。

我听见谢普勒斯先生在山毛榉树荫下对奥伯雷先生说，他很高兴约翰爵士终于和学者们言归于好了，他邀请大家一起去打猎。福克斯顿博士有一顶打猎专用的帽子，此刻正扣在他头上。约翰爵士和学者以及侍从们都策马离开了风笛馆，十恶不赦、罪加一等和罪大恶极跑在他们前头，东嗅嗅西嗅嗅。

雨下了一整天。整整一天约翰爵士新雇来的仆人们把家里弄得一团糟，因为没人指挥他们该怎么做事。面包没有发酵。黄油没人去搅。餐刀和镰刀乱七八糟放在一起。门开着也没人去关。马和牛被赶进田里，撞坏了篱笆，踩坏了庄稼。几个我没见过的捣蛋鬼爬上果园围墙偷吃苹果，几乎吃坏了肚子才回家。整座宅子里我只听见新仆人们不停地互相吵架。

法利赛人该拿亚麻线给我了。但是他没来。

灰兔子跳出来，在夕阳中四下张望，然后跑进厨房花园里偷吃我们的香菜。猫头鹰在树林里啸叫着，狐狸也随声附和。贪婪山上还有最后一丝余晖。约翰爵士该来杀我了。但他没来。

“米兰达！”

“晚上好，亲爱的学者们。你们猎到了什么？”

“咳，什么也没有，米兰达。”梅尔卓斯先生兴致勃勃地说，“我们必须给你讲讲今天的奇遇。当我们到了贪婪山上，柏拉图、苏格拉底和欧几里得……”（他是指十恶不赦、罪加一等、罪大恶极这三条狗）“……就好像它们最亲爱的朋友在山上等着迎接它们似的一路飞跑，我们的马跟在它们后面，完全不听指挥。它们领着我们来到一片以前从未见过的山坡上。一头健壮的雄鹿从我们面前走过，它闪亮的鬃毛上点缀着雨滴，那样子就仿佛是一切造物之王，而我们人类却微不足道。狐狸在路边看着我们经过。小灰兔从它们石缝之间的窝里抬起头，一脸毫不害怕的样子。但是我们没时间去大惊小怪，因为柏拉图、苏格拉底和欧几里得在前面飞跑，我们的马一路跟随……”

“是的，没错！”谢普勒斯先生附和道，“有个阴沉沉的家伙嚷嚷说我们肯定无意间闯入了地下的仙国，动物们在这儿都比人类高贵，因为在地面上它们受了不少伤害。福克斯顿博士开始大谈特谈因中了魔法而永远骑行的骑士们，他们不敢下马，因为害怕一旦触及地面就会变为尘土。但是奥伯雷先生告诉我们要笃信上帝，绝不畏惧……”

“我们突然在昏暗树林中的一小片绿地上停下来。草地上鲜花盛开，那阴沉的家伙说这些鲜花在别处都是前所未见的。但约翰爵士说他是傻瓜，约翰爵士说他知道这些花儿的名字，就跟知道他自己的名字一样清楚——它们是‘牧羊人的日晷’‘挤奶女工的扣子’和‘护林人的梳子’。草地中央有一个白垩坑，它几乎完全藏在高高的草丛和约翰爵士介绍的那些花朵之中。坑里传来一阵哼哼唱歌的声音。其他人拼尽全力抓住狗，我们就悄悄走过去，低头往坑里一看。你猜我们看见什么了。”

“我猜不出，福克斯顿博士。”

“一个仙子，米兰达！你猜他在做什么？”

“我猜不出，福克斯顿博士。”

“嘿！”奥伯雷先生说，“他正拿着一个小梭子和一个小纺轮在飞快地纺线，还不停地摇晃着他那条又长又黑的尾巴。谢普勒斯先生就叫我们：‘快！念你的咒语，奥伯雷先生！’他率先跳进坑里，我们也跟着跳下去。”

“我太惊讶了，”我对他们说，“你们问到了什么？那个法利赛人怎么跟你们说的？”

“什么也没说。”福克斯顿博士不大高兴地回答，“我们问了全部一百四十七个问题，因此才在山上待了那么久，连晚饭都没赶上。但那是个特别傻的法利赛人。”

我们都说不出话来。

“但是他听完了你们问的所有问题吧。”我说，“那就奇怪了。从前你们召唤他的时候他没来呀。”

“对啊，米兰达，”奥伯雷先生说，“因为我们以前都不知道他的名字。咒语和他的真名是紧密相连的。他不得不听完我们的问题，虽然他很想继续去纺线，那可是无比之多的一大堆亚麻啊。我们凑巧知道了他的名字，因为当我们从坑边往下看的时候，他正反反复复地唱着一首歌。我们没有被那首歌迷住。一个了不起的纺织匠绝不是诗人，米兰达。仙子们喜欢唱歌，但是他们的创造力却很弱。他们唱的无非就是那一两句，直到某个好心肠的朋友教他们几句新的。”

我们又都不说话了。

“那么他唱了什么？”我问。

“他唱的是：‘这也不对，那也错；我的名字是汤姆·提·托。’”

奥伯雷先生回答。

“哦，”我说，“亲爱的学者们，你们看见了法利赛人，这真是太让人高兴了！但是我更高兴看见你们安全地回来。去吃晚饭吧，恐怕只能凑合吃点了。”

很快那个法利赛人就捧着亚麻线穿过夜间的薄雾来了。我首先猜他叫所罗门，然后我又猜他叫西庇太。最后我说出了他的真名，可怜的汤姆·提·托哭嚎起来，回到他又冷又孤单的白垩坑里去了。

随后约翰爵士骑着一匹像暴风雨一样黑的马回来了。他皱着眉头，一脸不快，后面跟着十恶不赦、罪加一等和罪大恶极。他看见了纺好的亚麻线，我便和他一起下去跟那些快活的学者吃喝去了，他们这会儿甚至编了一首四绅士奇遇法利赛人的歌儿来唱。我们之前的仆人们很快就会回来，每个人都会拿到六便士去为约翰爵士的健康干一杯。

“我在写我自己的故事。”我说，“从哪儿开始才好呢？”

“哦，”奥伯雷先生说，“随便从哪儿开始，米兰达，不过要趁它在你脑子里还鲜活的时候马上写下来。因为记忆就像蝴蝶，在你犹豫的时候它们就从窗畔飞走了。要是把我忘记的事情全放在陛下的舰艇里，米兰达，舰艇会沉没的。”

在作者为这个故事搜集的诸多资料里，她似乎特别喜欢民俗学者爱德华·克洛德于 1898 年用萨福克方言写成的汤姆·提·托的故事。

玛布夫人

18××年暮春时节，D郡基辛兰镇的一位女士正忍受着无比的失望。

芬妮·霍金斯太太在给克拉拉·约翰逊太太的信中写道：

“……我知道，亲爱的克拉拉，唯有你能听我诉苦。几个月前，我妹妹摩尔小姐迷住了英俊的现役军官福克斯上尉。他一开始就明确表现出对维妮希娅的好感，我当时万分希望他们就此确定关系，可惜事不凑巧，她偏偏收到一位熟人的来信，那位住在曼彻斯特的女士生了重病，急需人照料。你可以想象当时我有多不想让她离开基辛兰，但是我觉得不管我怎么说，她都会承担一切费用、忍受所有麻烦跑去曼彻斯特的。不过现在我担心她要为自己的固执吃大亏了。因为她不在基辛兰的时候，那个可恶的福克斯上尉全然忘了她，转而和另一位女士好上了，她就是我们的邻居玛布夫人。等她回来之后我们肯定会大吵一架，肯定……”

芬妮·霍金斯打定主意要好好教训她妹妹，这不单是出于想要纠正错误的良好愿望，也基于一个现实问题，即维妮希娅如果不和福克斯上尉结婚的话，她就只能住在芬妮家了。芬妮的丈夫是基辛兰的助理牧师，在本地不过是个无足轻重的人物，就是那种帮本地居民主持洗礼、婚礼、葬礼的人；他会在别人卧病在床的时候去探望和安慰他们；要是有人不能看信的话，他会读给他们听——他从事所有这些工作能得到每年 40 镑的高薪。因此，芬妮在家务清闲时反复考虑的一大难题就是：如何把一个子儿掰成三个用。

芬妮等着她妹妹回来，同时一天数次非常坚定地告诉霍金斯先生，她肯定会为放跑了福克斯上尉一事教训维妮希娅："他们俩的事还没定下来她就走了。这丫头太奇怪了！简直不可理喻！"

但是芬妮本人也有些怪毛病，其中之一就是老喜欢假装自己脾气坏、心肠也不好，可实际上她只是劳累急躁而已。终于，摩尔小姐回来了。她听说情人变了心，脸色一下子苍白得仿佛不堪其苦似的，芬妮见了，当初要教训她的决心立刻减退为摇头念叨："维妮希娅，现在你知道了，固执不听人劝是个什么下场。"就这么说了一句，她便立刻接着安慰道，"哦，好妹妹，我希望你不要太难过。男人都会耍这种鬼把戏，你可别往心里去。你那个曼彻斯特的朋友怎么样了？"

"死了。"（泪眼汪汪的低语。）

"啊！……唉，亲爱的，这真叫人难过。霍金斯先生听到这个消息也会难过的。可怜的妹妹，你回到家后又受到这种打击。"

晚饭（一小撮煎牛肉配一大盘煮芜菁）时芬妮对霍金斯先生说："她睡下了，她说她头疼难忍。我敢说她很喜欢那人，比我们想象的还要喜欢得多。可能她这辈子都会格外在意福克斯上尉那样的男人。你日后就会知道我说得没错。”

霍金斯先生什么也没说。霍金斯家的家政就是这么分配的：芬妮负责谈话，他负责沉默。

“哎呀！”芬妮接着说，“我们必须尽力节俭。我觉得我们肯定还有很多地方铺张浪费。”她说罢四下打量着寒酸的小客厅，仔细查找一切到目前为止尚未被发现的铺张之处。完全没有铺张，她倒是发现所有家具都用得太久了，简直比工匠们在制造之初预定的使用年限还长，那些人最喜欢满世界都是新东西。但是芬妮确实很久没添置过新东西了：客厅的旧石头地砖光秃秃的，椅子又硬又破，墙纸过于古旧，看起来就像画满了用枯死的花和干巴巴的棕色带子扎成的花环。

次日清晨，芬妮的注意力都集中在憎恶福克斯上尉这个主题上，她实在非常讨厌他，讨厌得无时无刻都在说他坏话，可是与此同时，她还是要一再提醒维妮希娅不要再想福克斯上尉。过了大约半个小时，维妮希娅叹口气说她想出去走走，呼吸一下新鲜空气。

“啊，”芬妮说，“你去哪儿散步？”

“不知道。”

“呃，如果你要去镇上的话，就帮我买点东西。”

于是维妮希娅沿着教堂小路往镇上走去。也许从女性尊严的角度出发，她眼下正该宣称自己鄙视且厌恶福克斯上尉，可她没这么装腔作势。她任自己白白地叹息懊恼，心想还是一贫如洗地默默住在基辛兰最好，至少这里绿树成荫、芳草离离，比起住在曼彻斯特的惠特森夫人好多了——她这个朋友最后在破公寓顶层的一间阴冷小屋里咽了气。这么一想，她多少觉得好些了。

福克斯上尉是个高大的爱尔兰人，大概三十六七岁，别人总说他长着红头发。虽然在天气好、光线充足的时候，他的头发确实有那么一点红，但更多还是因为他的名字意为“狐狸”，还有，他笑的时候总显得狡猾且充满嘲讽意味，再加上他那爱尔兰人特有的脾气，别人就觉得他长着红头发了。此外，他好像也是个勇气非凡的人，因为他曾当众反驳过威灵顿公爵，那次除了他以外，在场所有人都对伟大的公爵大人表示赞同。

那次争论和靴子有关。那些靴子（共一万双）用七十头骡子驮着，经葡萄牙东部运送给英国军队，他们急需靴子。要是没有这些新靴子的话，全部英军就没法长途行军北上，没法从法国人手中夺回西班牙了。威灵顿公爵对此次行动满腔热情，他大谈特谈拖延行动的危害，以及英国有可能为此蒙受的损失，但他最终还是承认，没有新靴子的话，士兵们什么也干不成。福克斯上尉便大声提出反对，说靴子应该沿着更靠北的路线往S市运输，这样，运输队中途就可以和英军部队会合，如此一来，行军最快的部队就能更早拿到新靴子，这种振奋人心的想法必定会激励将士们走得更快。威灵顿公爵想了想，然后说：“我认为，福克斯上尉是对的。”

转过布鲁伊特花园，维妮希娅一眼看见一座结结实实的石头房子。这里是格劳特先生的宅子，他是个有钱的律师。他家花园里的玫瑰长得过于茂盛了，以至于院墙看起来就像一座摇摇欲坠的淡粉色悬崖；然而这样的美景只是让维妮希娅再次想起了福克斯上尉，他特别喜欢淡粉色的玫瑰，而且有两次很认真地看着维妮希娅说，等他结了婚有了自己的花园，他实在想不出还有什么别的花可种。

她决意想想别的事情，但这个决定很快就受到了阻挠，因为她看见福克斯上尉的随从卢卡斯·巴里正沿大路走来。

“卢卡斯！”她叫住他，“怎么回事？福克斯上尉在这儿吗？”她慌忙四下张望，确定上尉并不在周围，这才一本正经地转向卢卡斯。她惊讶地发现，这人简直换了一副模样：他漂亮的棕色外套不见了，锃亮的靴子也没有了，走路也不再大摇大摆。脏兮兮的大绿围裙和木鞋代替了他原先的行头。他手上提着两个大酒壶，里头的啤酒滴滴答答地滴进土里。“卢卡斯，你拿着酒壶干什么？你不给上尉当差了吗？”

“我不知道，小姐。”

“你不知道？这话怎么说？”

“小姐，我的意思是，要是我再有机会看见福克斯上尉的话，我肯定要问他是不是解雇我了；或者要是他问我愿不愿意再给他干活的话，我会说无所谓。你觉得很奇怪吧，小姐？我自己也觉得奇怪得不得了。但也不是我一个人觉得奇怪，上尉和他所有的朋友都断绝往来了。”

卢卡斯忽然示意维妮希娅看后面，那边有人牵着一匹非常漂亮的棕黑色母马往格劳特先生的花园走去。

“天哪！”维妮希娅叫道，“是美妇人！”

“小姐，玛布夫人写信说这匹马卖给格劳特先生了。”

“难道上尉退伍了？”

“我不知道，小姐。但是格劳特先生那么个又矮又胖的人要这么好的马干什么？他得当心美妇人把他当成芜菁吃掉。”

马儿自己好像也不愿意往那个方向去，她棕色的大眼睛里满是傲慢的眼神，好像很清楚自己的地位降低了。

“事情是这样的，小姐。”卢卡斯解释道，“你走后的第二天上午，玛布夫人送信来请上尉去打牌，于是我也一起去了。因为之前有人告诉我，玛布夫人和她的婶婶、侄女以及其他很多女性亲戚住在一起，而且她们一个比一个漂亮，我很想认识其中一两位，只要她们肯赏脸和我说话。但是一到玛布夫人的住处，我就被安排在前厅等着，那屋子冷得跟墓室一样，里面什么家具都没有，只有几根骨头从地里冒出来。我等啊等，等了很长时间，上尉在屋里和人谈话，其间还能听见有女士在大声地笑。又过了一会儿，小姐啊，我看见我的指甲竟然长长了不少，下巴上也满是胡茬，你能想到我当时有多害怕。趁前厅开门的工夫，我冲出来一口气跑回到基辛兰，然后发现我居然在玛布夫人的小石屋里站了三天三夜！”

“我的天啊！”维妮希娅叫起来。她仔细想了想，最后叹口气说道：“唔，如果有人变心了，或者说他们发现自己其实喜欢的是另一个人……我想她一定很漂亮？”

卢卡斯不无嘲讽地哼了一声，仿佛他要就这位玛布夫人的美貌发表一些十分尖锐的看法，可惜他目前尚无缘得见她。

“我认为她和你不可同日而语，小姐。上尉跟我说过，他会很快和你结婚，然后在埃克塞特住下，买一座小白房子，在花园里搭起花棚种粉色玫瑰；某天早晨，我曾在教堂里庄严地发过誓，我一定尽心尽力地服侍你，因为你一直对我很好。”

“谢谢你，卢卡斯……”维妮希娅难过得迈不开步子。想到那再也无法实现的良辰美景，她不由得满眼泪水。

她本想给卢卡斯一点钱，可她的钱包里空空如也，只有一点芬妮说要买面包的钱。

“这太没道理了，小姐。”卢卡斯说，“就因为玛布夫人一个人，我们的日子都变坏了。”他停了一下，“你哭了，小姐，对不起。”

这句充满友善的话足以使维妮希娅振作起来，快步前往面包房。但是她满脑子都是悲哀的想象，她想到福克斯上尉心甘情愿把余生都交给玛布夫人，玛布夫人则高声大笑着看他虚掷光阴。这些念头搅得她完全心不在焉，等她回到家打开纸包一看，不禁大吃一惊：她足足买了三打法式牛奶卷和杏子酱蛋挞，没有一样是芬妮要的。

“你到底在想什么啊？”芬妮见了维妮希娅买的东西大为不满。她对浪费钱财的行为向来恐惧有加，再加上牛奶卷和蛋挞的刺激，不由得恼怒起来。这种情绪恐怕会持续一整天，所幸维妮希娅突然想起惠特森夫人，就是她那位朋友，临终时送给她一些窗帘布当作结婚礼物。既然现在不会有什么婚礼了，那维妮希娅把它们拿出来送给芬妮倒也合适。窗帘布的料子是樱草花似的淡黄色，上面有细细的白色纹路。芬妮一见这些布料，心情立刻就好起来了，维妮希娅和她一起把窗帘布改成适合客厅窗户的尺寸。趁改窗帘布的工夫，维妮希娅问：“芬妮，玛布夫人是什么人？”

“很坏的人，亲爱的。”芬妮兴高采烈地挥舞着大黑剪子。

“她怎么个坏法？”

但芬妮对此中细节全然不知，她只能跟维妮希娅说，玛布夫人之坏，主要是她太有钱了，从不做任何她不感兴趣的事情。

“她长得怎么样？”维妮希娅问。

“啊，老天，我不知道！我从没见过她。”

“她最近不是常和邻居们来往吗？”

“嗯，对！最近是的……但是我不太清楚。我突然想起她好像在这儿住了很长时间了。十五年前霍金斯先生过来的时候她就住在这儿了。”

“她住在哪儿？”

“很远！骑士林那边。”

“那就是说在敦切奇附近？”

“不，亲爱的，不是敦切奇附近。倒是离风笛镇更近些，但其实也不在那边……”（她说的这些都是基辛兰周围的村镇。）“……如果你在到达风笛镇之前离开驿道，走旁边一条杂草丛生的下坡小路，你就会看到一个孤零零的小水塘，里头长满芦苇——那里是灰塘。在灰塘上面，小山顶上，砌着一圈非常古老的石头。山崖下有一座满是翠色的小峡谷，山边有棵古木。玛布夫人的宅子就在石头和那老树之间，不过离树更近些。”

“哦！”维妮希娅叹道。

次日，维妮希娅说要去镇上走走，顺便买点面包，被芬妮给拒绝了。她拿了一篮子菜和汤，要维妮希娅送给风笛镇的一户穷人。芬妮说，买错东西是极大的浪费，不过把食物送给穷人的话，就算送错也没什么。

维妮希娅把东西送给了风笛镇的那户穷人，但在回来的路上她经过一段篱墙，篱墙的缺口处有一条狭窄的小径，蜿蜒崎岖地从驿路延伸出去。小径两边树木丛生，枝叶像拱顶一样覆盖了整条路，显得神秘又阴暗，唯有斑驳的阳光偶尔照亮一丛紫罗兰或三两株野草。

眼下，全英国任何一处风景也不如这条幽绿的小路更能吸引维妮希娅的注意，因为这正是芬妮所说的通往玛布夫人宅邸的那条路。维妮希娅脑子里只想着那座大宅和其中的居民。“也许，”她心想，“我应该沿着这条小路走上一段。如果不是很远的话，我兴许还能看到她的房子。我想看看他过得开不开心。”

该怎么办才能从那座古怪房子外面看见上尉过得开不开心呢，这点她完全没考虑。她只是径直穿过小径，经过了孤零零的小水塘，翻过石头，最后来到了一个绿色小山丘环绕的世外之地。

这是个静谧空旷的地方。覆盖着山坡和峡谷的碧草连绵一片，平如水面，当温暖的微风在草丛中掀起小波浪时，草地仿佛就是大片的湖水。对面的山丘上有一座灰色石头建成的古老建筑。那是座非常高的房子，更像是介于房子和塔之间的某种建筑，它周围是一圈很高的石墙，墙上看不出任何门或出入口，也没有一条通往房子的路。

但是，这座房子尽管建得如此之高，它却依然被身后阳光普照的森林盖过了。维妮希娅忽然觉得她仿佛是在看一座非常小的房子，一座田鼠、蜜蜂或者蝴蝶居住的小房子，一座建造在高高的草丛中的小房子。

“在这儿等着也没用，”她心想，“万一我遇上了上尉和玛布夫人呢？真讨厌！”她转身快步离去，没走多远就听见身后的草地上传来马匹奔跑的声音。“我不能回头看，”她对自己说，“如果那是福克斯上尉的话，他一定会很好心地让我悄悄走掉的。”

但是那马蹄声越发多了，仿佛有一支军队正从寂静的山林间跑来。她非常惊讶地转过身去，想看个究竟。

维妮希娅穿着一件来路不明的老式蓝色羊毛长裙，胸口处绣着毛茛和雏菊，腰线很低。裙子可能有点短，但是亚麻衬裙充分地弥补了这一点。她想了片刻。“这好像是牧羊女或者挤奶女工的衣服，”她想，“或者其他什么乡下姑娘的衣服。真奇怪！我不记得我当过牧羊女或者挤奶女工。难道我是在演戏？呃，那我多半演得很差，因为台词什么的我都没有印象。”

“她终于有点血色了。”是芬妮焦急的声音，“霍金斯先生，你觉得呢？”

维妮希娅发现自己是在芬妮的客厅里，霍金斯先生跪在一旁。地上有盆热水，旁边还有一双老式的绿缎子舞鞋。霍金斯先生正拿毛巾为她洗脚。这也很奇怪，她之前从不知道霍金斯先生还会帮人洗脚。

等他洗完了脚，他又非常关切地替她洗脸。

“当心点，霍金斯先生！”芬妮叫道，“你把肥皂弄到她眼睛里了！啊，好妹妹！他们把你送回家的时候，我一辈子都没那么害怕过！我真觉得我会吓得晕倒，霍金斯先生也是这么说的。”

看得出来，芬妮确实被吓坏了；十五年来为钱发愁的生活使她眼窝深陷、脸颊干瘪，现在她眼眶和脸颊凹陷得更厉害了，眼睛看起来又大又圆，仿佛中了邪似的，鼻梁也跟剪刀刃一样又细又窄。

维妮希娅盯着芬妮看了一会儿，不知道她为什么这么伤心。她看看自己的手，发现双手竟然布满了伤痕。她又摸摸脸，觉得脸也很疼。

她跳起来。对面墙上有一小块镜子，她看了看自己，脸上全是瘀伤，头发也被扯得乱七八糟。她吓了一跳，不由得惊叫起来。

由于她对之前发生的事情毫无印象，所以只能听芬妮一边连连惊呼一边跑题一边解释。维妮希娅得知，今天早些时候，一个年轻人发现她在离风笛镇两三里地的小路上游荡；那人是个农夫，名叫珀维斯。那时她完全处于神志不清的状态，对珀维斯先生充满关切的询问，她一概用漫不经心的古怪语调作答：天上有马儿的银铃作响，有绿色的小旗子飘扬。珀维斯先生连她的名字都问不出。她的衣服又脏又破，而且还光着脚。珀维斯先生只好让她骑上自己的马带她回家。他妈妈给维妮希娅喝茶，还给她换了这一身难看的旧裙子和跳舞鞋。

“唉，可是，我的好妹妹，”芬妮说，“难道你真的什么都不记得了吗？”

“不记得了。”维妮希娅答道，“我照你说的把东西送给风笛镇的穷人，接下来我干了些什么我就不知道了。我想应该是去了某个地方，但是是哪儿呢？啊，我怎么一点儿也想不起来了？”

霍金斯先生此时仍跪在旁边，竖起手指放在嘴唇上，示意她不要激动，然后轻轻抚摸她的额头。

“你摔进沟里了，亲爱的，”芬妮说，“就是这么回事。这是件很糟糕很不愉快的事，所以你自然不愿去想它。”她说着说着就哭了，“维妮希娅，你总是这么马马虎虎的。”

霍金斯先生竖起手指放到嘴唇上，示意芬妮不要激动，并且在抚摸维妮希娅额头的同时伸长胳膊去握住芬妮的手。

“芬妮，”维妮希娅问，“今天军队有行动吗？”

“军队？”芬妮不解。她拨开霍金斯先生的手，大声擤擤鼻子。“你想问什么？”

“我突然想起我今天干了些什么了。我看见很多士兵骑马经过。”

“今天部队没有任何行动。”芬妮回答，“士兵大概都在驻地。”

“啊，那我今天看见的是什么？好几百个骑士经过，他们的马具闪闪发光，铃铛清脆作响……”

“喂，维妮希娅！”芬妮非常生气地大声说道，“不要再说这些奇奇怪怪的话了，不然我和霍金斯先生就该去叫医生了，那我们就得付他很多医药费，这是肯定的……”芬妮对医生收费昂贵的问题发表了一番长篇大论，然后又渐渐说到她自己，她突然担心这样下去，自己会病得比维妮希娅还要厉害。维妮希娅赶紧对她说完全没必要请医生，并且保证再也不提关于军队的事情了。然后她回到楼上自己的房间，全身上下仔细检查了一遍。除了擦伤和瘀青以外没有别的伤口。“我估计，”她想，“我肯定是晕倒了。但是很奇怪，我之前从来都没晕倒过。”一直等到很晚，一家人才坐下来吃晚饭，没人再提起维妮希娅的奇怪遭遇，只有芬妮抱怨了珀维斯几句，他们还没把维妮希娅的衣服还回来。

次日清早，维妮希娅从头到脚都又僵又疼。“我感觉就好像从马上摔下来了好几次。”她心想。这种感觉很熟悉，去年11月，福克斯上尉曾教她骑马。福克斯上尉扶她骑上美妇人，他们一起爬上高地俯瞰整个基辛兰。他们脚下的小镇因秋季的树叶和傍晚的烛光呈现出琥珀般棕红的色彩，而格劳特先生家花园里的篝火则冒出缕缕青烟。

“唉，我们那时候多快乐啊！唯一不好的就是潘·哈灵顿总能发现我们要去哪儿，而且还非要跟我们一起去，她总希望上尉注意到她。出于礼貌上尉只能带上她——真是个讨人厌的姑娘。唉！但是现在我也不比她好到哪儿去，我现在和那些喜欢上尉，但是却因为玛布夫人的原因而被他无视的姑娘一样。现在我很应该讨厌上尉，转而对可怜的潘倍感亲切……”

她试着按照这个模式调整一下感情，但是五分钟后，她觉得自己根本不喜欢潘，也根本不讨厌上尉。“我想，可能是因为没人会同情穿锌黄色裙子加淡紫色花边的女孩，因为锌黄色配淡紫色实在难看死了。不过昨天的事情，最合理的解释还是我晕倒在路上，珀维斯先生发现了我，把我抱上马，但是一不小心却让我从马上摔了下来，这就能解释我身上的伤和衣服上的洞了。而且我想他也不好意思跟别人讲起这件事，这个很好理解。”她叹了口气，“上尉可从来不会让我摔下马的。”

上午，姐妹俩在厨房里忙碌（维妮希娅剥豌豆，芬妮做蛋糕），她们忽然听见外面传来马车的声音。

芬妮看了看窗外。“是珀维斯一家子。”她说。

珀维斯太太是个心宽体胖的人，她一见到维妮希娅就欢呼一声，满心欢喜地拥抱了她。她闻起来有股甜甜的牛奶味，还有烤面包和新鲜的泥土味，就好像她一个上午都在牛棚、厨房和菜园里忙活似的——事实也是如此。

“夫人，”珀维斯太太对芬妮说，“别怪我太亲热，要是你看见摩尔小姐刚被约翰带回来时那苍白发抖的样子，你就能原谅我了。摩尔小姐一定也会原谅我，在我家厨房的时候，我们俩就是好朋友了。”

“有这回事吗？”维妮希娅心想。

“你看，亲爱的，”珀维斯太太边说边拿出一个大帆布包，“你特别喜欢那个牧羊女小瓷像，我带来了。啊，不用感谢我，我还有六七个这种小玩意儿。还有，夫人……”她对芬妮毕恭毕敬地说道，“……这里面有芦笋、草莓和六只大鹅蛋。我想你肯定会同意我的意见，姑娘们都把自己饿得那么瘦，所以她们才会晕倒。”

芬妮向来好客，尤其是珀维斯太太这种喜欢东拉西扯谈家常的，而且她表现出了一个农家寡妇对助理牧师的妻子应有的尊敬。芬妮实在相当喜欢她，所以请他们母子二人吃块饼干再走。“我这儿本来还有瓶很不错的马德拉葡萄酒，”她对客人说，“可惜已经喝完了。”

这是真的，霍金斯先生早在八年前的圣诞节就把那瓶酒喝完了。

对于那件难看的老式裙子，珀维斯太太说：“那是我妹妹的，摩尔小姐。她在你这么大的时候去世了，她几乎和你一样漂亮。你就留着这条裙子吧，不过，也许你也和别的姑娘一样，喜欢时新的样式。”

临走时，珀维斯太太冲着儿子点点头，示意他得说点什么。于是他结结巴巴地说，他很高兴看见摩尔小姐这么精神，希望她和霍金斯特兰奇夫人不要拒绝他过几天再来拜访。这可怜的人儿，他的脸涨得通红，仿佛不单是维妮希娅一人在昨天的遭遇中受伤，她的救命恩人也受到重重一击，不过是在心里。

他们走了之后，芬妮说：“她人很不错。但是她不还你的衣服，这实在很要不得。我有好几次想问她要衣服，但是每次我还没开口她就说别的事去了。我不知道她为什么要一直留着那些衣服。也许她是想把衣服卖了，虽然她是说过，那些衣服彻底不能穿了。”

芬妮在这些问题上有很多莫名其妙的推论，但是她还没来得及说，就想起她的针线活放在卧室里了，于是又打发维妮希娅上楼去拿。

在芬妮卧室窗外的小路上，珀维斯太太和她儿子准备回去了。维妮希娅看见约翰·珀维斯从老旧的车厢里拿出一个大木桩，把它倒着放在地上，好让他妈妈能坐到车夫的位子上去。

维妮希娅听见珀维斯特兰奇夫人说：“看她恢复了我心里就轻松多了。谢天谢地，她全都忘了。”

然后珀维斯说了些什么，不过他脸向着另一边，维妮希娅听不见他在说什么。

“确实是士兵，我敢肯定。她衣服上的那些口子是剑和刀割出来的。如果看见那身衣服，他们肯定会被吓住，我都被吓得不轻。我觉得没准儿是福克斯上尉，我跟你说过吧约翰，是他派了一些士兵去吓唬她的。他对她这么坏，可她还是爱他。有这么善良的性格，她已经有了世界上最宝贵的东西……”

“上帝啊！”维妮希娅惊讶地低声惊呼。

她本该感到害怕，但是害怕却被气愤取代了。“我相信她把我带到她家完全是出于好意，但是她居然那样说福克斯上尉，真是个蠢女人。上尉非常重视名誉，绝不会伤害任何人，当然，除了在战争时期。”但是，她又想到那件被割得七零八落的衣服，珀维斯太太的话给她造成一种很不好的印象，渐渐地，她当真害怕起来。“我到底出了什么事？”她很想知道。

但是她找不到满意的答案。

次日晚饭后，维妮希娅想透透新鲜空气，便跟芬妮说她要出去走走。她沿着教堂小路走到布鲁伊特花园，拐了个弯，忽然看见格劳特先生家厨房后花园的墙边上有些东西。天哪，那简直是世界上最恐怖的东西！巨大的恐惧袭来，她两腿一软跌倒在地上。

有一个声音在叫：“小姐，小姐，你怎么了？”格劳特先生和他的管家贝恩斯太太来了。他们看见维妮希娅躺在地上，不由得大为惊讶。“小姐，”格劳特先生问，“你到底怎么了？”

“我以为我看见一队士兵向我冲过来，”维妮希娅说，“不过现在我知道了，我肯定是把桦树的枝叶当成飘舞的淡绿色旗子了。”

格劳特先生似乎不太明白这是怎么一回事。

贝恩斯太太说：“嗯，亲爱的，不管怎么样，喝杯马沙拉白葡萄酒肯定对你有好处。”尽管维妮希娅说她完全没事，很快就不会发抖了，但他们还是领她进屋，让她坐在火炉边喝了杯马沙拉酒。

格劳特先生是位律师，他已经在这儿过了很多年安静简朴的生活。他为人和气，人人都觉得他挺好，但是后来他突然变得很有钱，一口气在骑士林教区买了两个农场。这是不久前的事情，不过格劳特先生却已经得了个恶财主的名声，据说他常恐吓农场里的农民，还大大地提高了租子。

“你想吃点东西吗？”格劳特先生问维妮希娅，“要是我没记错的话，我家了不起的贝恩斯太太今早应该烤了些好吃的。我闻到苹果蛋挞的味道了！”

“我不想吃东西。谢谢你，先生。”维妮希娅想不出说什么才好，于是又加了一句，“这简直不像你的家了，先生，我还是小姑娘的时候来过一次。”

“是吗？”格劳特先生说，“那你一定看到不少改进之处！不是每个人都能习惯变得富有，小姐，这很奇怪吧。但是有时候单是‘有一大笔钱’这个念头就很令人紧张了。不过很庆幸，我能够泰然面对这种想法。我亲爱的，钱啊，不单是提供了物质享受，它也使人肩负的责任变重了，它还能使人精力充沛、行动果敢，同时对事物有敏锐的感受力。它让人和这个世界都充满了幽默感。在不那么富有的时候，我简直见不得人。”

钱财似乎确实带给格劳特先生不少奇异的变化：他那种律师特有的谦恭态度一夜之间消失殆尽，与之一同消失的还有他的皱纹；他的银发闪闪发亮，以至于在光线充足时，他看起来仿佛圣人般发着光；而他的眼睛和皮肤则异乎寻常地油光水亮，甚至让人感到不宜直视。大家都知道，他对这副全新的外貌可不是一般的自负，他冲着维妮希娅微笑，那样子简直就像是请她当场爱上他似的。

“唔，先生，”维妮希娅说，“我不确定一个人是不是应该追求巨大的财富。想必你做了不少投机生意？”

“完全没有。我所有的财产都来路正当，得益于一位高贵的夫人——她雇我当她的经纪人，我得说，这工作报酬着实丰厚。那位夫人就是玛布夫人。”

“啊！”维妮希娅说，“她正是我急切想要见到的人。”

“可以理解，小姐。”格劳特先生开心地笑着，“因为她夺走了你的心上人，勇敢的福克斯上尉，不是吗？唉，你无须掩饰这件事，因为如你所见，我全都知道。败给玛布夫人这样的对手不丢人。玛布夫人是无价的珍珠。她的灵魂映照着她每一个细微的举动。她的微笑就像阳光——不，比阳光还要灿烂！只要能见到玛布夫人的微笑，人就能心甘情愿地永远生活在黑暗中。哦，小姐，玛布夫人那曲线优美的脖子，她的眉毛，她的小手指甲，无不尽善尽美！”

维妮希娅叹气道：“唉。”可是又不知道接下来该说什么才好，只能又叹了口气。

“我确信，”格劳特先生继续说，“她年轻时一定非常勤于管理财产，而且很好地处理了亲属及被扶养人之间的各种事务——她的亲人可是很多的，而且都和她住在一起，不过后来她厌倦了世俗，过起了隐居生活。她终日在家忙于女红。我本人有幸见过那一幅幅精美的刺绣，全是玛布夫人亲手所制。她家那些当老姑娘的姐妹和婶婶们也常陪着她做这些刺绣，因为她厌恶游手好闲。”

“她住在风笛镇附近，对吗？”维妮希娅问。

“风笛镇！”格劳特先生叫起来，“不！你怎么会以为她住在那儿呢？玛布夫人的房子根本不在那个方向，而且还不及这儿到风笛镇一半远的路程。沿着教堂后园那条小路，穿过爬满常青藤的拱门——那条路上长满田七和毛地黄——然后经过一个长满芦苇的小水塘，再爬上一座翠绿的小山。来访的客人必须爬过山顶上一座倾颓石墙形成的沟，然后就会发现自己正站在玛布夫人的花园里。”

“咦，”维妮希娅说，“真是奇怪！因为我分明记得有人跟我说过她住在风笛镇附近。不过，先生，我答应过我姐姐只出来一小会儿，要是我不赶快回去的话她一定会着急的。”

“哦，”格劳特先生说，“可是我们才刚刚认识一会儿呢！亲爱的，我想你应该不是那种害怕和老朋友独处的姑娘吧。不管怎么说，我算是你的朋友吧，因为我看起来还很年轻哪。”

在教堂小路上，维妮希娅爬到高处，望着教堂后园的围墙。“那就应该是通往玛布夫人家的路了，那边是爬满常青藤的拱门！”

她并不记得之前见过这小路和拱门。“好吧！我不觉得悄悄去看一眼她的房子会有什么害处。”

她把刚才跟格劳特先生说的芬妮会着急一类的话忘得精光。她溜进教堂后园，穿过常青藤拱门，又经过池塘爬上小山，最后来到倒塌的石墙跟前。

“我觉得像她这么一位贵妇人应该修个更好的大门，那要比旧墙根方便多了。”

她越过了石墙。

一大片壮丽的古树环绕着天鹅绒般平整的绿地。每一棵树都呈十分规整的形状，每一棵都比基辛兰的教堂塔尖还要高，每一棵都是那样神秘莫测，连夕阳也投下同样神秘而修长的树影。很远很远处，一弯小小的月亮悬在深蓝的天空中，仿佛虚无的幽灵。

“啊，这儿真是安静又空旷！我实在不该过来，我从没一个人到过这种地方。我现在随时都有可能听到银铃的声音，而且草地上还有马蹄声！绝对有可能！至于说房子，我根本没看见。”

不过这里还是有些东西的：一座古旧的圆塔矗立在草地尽头，它是用灰色石头砌成的，上面建有城垛，更高处还有三个狭长漆黑的窗户。那是一座非常高的塔，但尽管它是如此之高，却还是没有高过它后面淡白的玫瑰篱墙。维妮希娅总觉得这座塔其实非常非常小，是一座蜜蜂或者小鸟的塔。

“也许是那座巨大的篱墙给我造成了错觉。这一定是座消夏的别墅。我想知道怎么才能进去。连个门都没有。啊，有人在吹笛子！不过这附近又没有人。现在又有了鼓声！真奇怪啊，我怎么没看见奏乐的人呢！我想要是……往前走两步……行个礼……转身……”

她脑子里忽然出现这些话语，脚也不由自主地动起来。她发现自己在跳舞，而且有人恰到好处地握住了她的手——她对此丝毫不感到惊讶。

有人在轻轻地哭。跟先前一样，霍金斯先生跪在维妮希娅面前替她洗脚。

“可是，”她暗想，“如果他用血洗的话是永远也洗不干净的。”

盆子里的水颜色鲜红。

“芬妮。”维妮希娅说。

哭声停止了。一阵又像咳嗽又像吸鼻子的声音表明芬妮就在旁边。

“芬妮，是晚上了吗？”

“现在是早晨了。”芬妮说。

“啊！”

客厅的窗帘已经拉开，灰色的晨曦完全掩盖了窗帘本身淡淡的鹅黄色。窗外，芬妮的菜园、罗宾·托利戴的牲口棚、约翰·哈克的农场、上帝的天空、英格兰的云彩，一切一切，全部清晰可见，不过全都像是用灰墨水画出来的，不复它们白天的颜色。芬妮又哭起来。

“可能她哪儿疼吧，”维妮希娅心想，“肯定有什么地方疼着呢。”

“芬妮？”她又说。

“怎么了，亲爱的？”

“我累得很啊，芬妮。”

芬妮说了句什么，维妮希娅没听清。她把头转到一边。当她再次睁开眼睛时，她已经躺在床上了。芬妮坐在旁边的藤椅里，正缝补着霍金斯先生的衬衣。窗帘拉着，遮住了明亮的阳光。

“哦，维妮希娅，”芬妮边叹气边无奈地摇头，“你到底上哪儿去了？你到底干什么去了？”

这种问题其实用不着回答，不过维妮希娅还是试着说：“我记得我在格劳特先生家喝了一杯葡萄酒，但是我明确告诉他我得尽快回家，因为我知道你在等我。难道我没回家吗，芬妮？”

“没有，维妮希娅。”芬妮回答，“你没回家。”芬妮说她、霍金斯先生还有邻居们找了维妮希娅一整夜，直到临近天亮时，约翰·哈克和乔治·布特里往教堂后园里瞅了一眼，竟看见维妮希娅的白裙子在夜色里飘舞。那时她在大紫杉树下举着双手转啊转啊转啊。他们俩费了好大力气才让她停下来。

“两双鞋了，”芬妮叹气道，“一双丢了，一双坏了。唉，维妮希娅，你在想什么啊？”

维妮希娅似乎又睡着了，因为她再次醒来时已经是晚上了。她听见楼下有碗盘的声音，一定是芬妮做好晚饭了；芬妮一边在客厅和厨房之间来回忙碌，一边和霍金斯先生说着话：“……如果那样的话，她就用不着去疯人院。我实在不忍心让她去那种恐怖的地方受虐待。绝不！我告诉你，霍金斯先生，我坚决反对……”

“说得就像霍金斯真的打算送我去疯人院似的，”维妮希娅想，“他对我那么好。”

“……我感觉疯子不比正常人花费更多，除了买药和约束椅。”

次日一早，芬妮、维妮希娅和霍金斯先生一起在客厅里吃早饭，突然有人敲门。芬妮去开了门，进来的是格劳特先生，他对这次到访没做任何解释或表达歉意，直接很不满意地对维妮希娅说：

“小姐，玛布夫人派我来转告你，请你不要再在她家附近转来转去！”

“哈！”维妮希娅大叫一声，连芬妮都吓了一跳。

“玛布夫人的亲属和被扶养人，”格劳特先生一脸严肃地瞪了一眼满脸高兴的维妮希娅，“他们都被你的奇怪举动吓坏了。你害得她年迈的叔叔们做噩梦，害得孩子们睡不着，女仆们则被你吓得把瓷器都摔到了地板上。玛布夫人说她府上连个伺候晚餐的人都没有了！她还说家里连黄油都做不成，因为你恶毒地盯着她的奶牛看。摩尔小姐，请你不要再折磨夫人了。”

“那就让她把福克斯上尉还给我，”维妮希娅说，“那样她就再不会看见我了。”

“啊，维妮希娅！”芬妮叫起来。

“可是，小姐！”格劳特先生大声说，“上尉现在爱的是玛布夫人。我想我跟你解释过，玛布夫人就像枝头上盛开的苹果花一样美丽。只要看着她的眼睛……”

“对，对，我知道！”维妮希娅不耐烦了，“你是跟我说过！但那都是胡说八道！上尉爱的人是我！不然他会自己跟我说清楚的！至少也会写信说！但是自我从曼彻斯特回来就再没见过他，也没收到过他的信。哼！别跟我说玛布夫人不准他出门不准他写信。福克斯上尉可不是那种别人说什么他就做什么的人！绝不可能！这只不过是玛布夫人的鬼把戏而已。”

“小姐，”格劳特先生有些惊慌了，“年轻人这样不计后果是很不好的，尤其是像你这样，跑到大人物家里，中伤他人。”

“格劳特先生，”芬妮实在看不下去了，“你不准这样和她说话！要措辞文雅，先生。我警告你！你看不出来她身体不适吗？当然了，我本人对于维妮希娅给玛布夫人带来的不便深表歉意，但是我必须指出，这么说对维妮希娅很不公平。玛布夫人的奶牛和叔叔们想必都特别神经质，不然怎么会被一个弱不禁风的女孩子吓住?!我告诉你我对此事的做法：我会让她一直待在家里，不再给邻居们添麻烦。我只要把珀维斯太太给她的绿鞋子藏起来就是了，她只有那一双鞋，这样她就出不去了。你懂的，”芬妮最后大声宣布，“她必须待在家里！”

格劳特先生看着维妮希娅，好像希望她会认错。

维妮希娅只是亲切地说道：“我已经回答过你了，先生，你可以去转达我的意思了。我想玛布夫人厌恶办事磨蹭的人。”

此后的两天时间，维妮希娅一直在找机会继续刺探玛布夫人的秘密，但是芬妮一直紧跟着她，而且不回答任何关于玛布夫人的问题。到了第三天，约翰·哈克家的女仆得了重感冒，芬妮带了一些草药茶和薄荷精去替她看病。芬妮沿着教堂小路往哈克家的农场走去，她好像把那双绿色的绸子跳舞鞋也装进篮子里了，因为维妮希娅到处都找不到。

于是她用抹布裹住脚出门了。

时值初夏，阳光灿烂，草地鲜绿，孩子们在河边——基辛兰的居民喜欢把这水流叫作“小河”，其他没那么偏心的人却说这是“小溪”——在鲜花盛开的树下玩耍。一个拿着锡口哨的男孩扮作威灵顿公爵，另外一个敲鼓的男孩就当整个大不列颠的军队，还有四个身穿碎花布连衣裙的小女孩，全身沾满草叶，正生动地扮演着凶暴顽固的拿破仑和他手下的法军将领。

维妮希娅经过那条路的时候，她的双脚十分酸痛。她想停下来去洗洗脚，但是当她往河边走的时候，两个男孩开始吹哨子敲鼓，那音调竟十分忧伤。

维妮希娅突然被一阵巨大的恐惧攫住了，她几乎不知道自己在干什么。当她清醒过来的时候，她发现自己正紧紧握着一个八九岁小女孩的手。

“哦，对不起！他们的音乐把我吓了一跳。”她说。但那女孩仍然非常惊诧地盯着她，于是她又说：“你看，我以前非常喜欢音乐，可现在已经全无兴趣了。一当我听见笛声和鼓点，我就觉得自己会不由自主地开始跳舞，会永远永远地跳下去，永不停顿。这不是挺叫人害怕的吗？”

那几个小女孩十分迷惑，没有回答她。她们的名字分别是赫比、玛乔丽、乔安和南，但是维妮希娅却不知道谁是谁。她洗了脚，接着躺在柔软的草地上休息；她仍然非常虚弱。随后她听见好像是赫比，或者玛乔丽，或者乔安，或者南——总之她不知道谁是谁——对另外几个说：人人都知道摩尔小姐疯了似的四处寻找她心爱的福克斯上尉。

小女孩们采来一些雏菊，对着花儿许愿。一个希望有一辆天蓝色带银色装饰的马车，另一个希望在基辛兰的河里看见海豚，第三个希望头戴钻石法冠和坎特伯雷大主教结婚（她坚持说当了大主教的妻子就有资格戴法冠了，其他人都不大相信），最后一个则希望晚饭有面包和牛肉。

“我希望我能找到玛布夫人的房子。”维妮希娅说。

一阵小小的沉默，然后赫比、玛乔丽、乔安和南中的某一个轻蔑地说这事人人都知道。

“也许是人人都知道吧，不过我除外。”维妮希娅冲着天空和云朵说。

“玛布夫人住在比利·利特尔的花园下面。”另外一个小孩说。

“一大堆甘蓝叶子后面。”第三个说。

“我想我们说的可能不是同一个人。”维妮希娅说，“据我所知，玛布夫人是位爱漂亮的女士。”

“确实是的，”方才第一个小女孩说，“她是人们见过的最漂亮的女士。她有一个车夫……”

“……一个脚夫……”

“……一个跳舞教练……”

“……一百个侍女……”

“……一百个侍女中，有一个人专门负责吃玛布夫人不喜欢的菜，所以玛布夫人就只吃烤猪排、李子蛋糕和草莓酱……”

“我明白了。”维妮希娅说。

“……他们全都住在比利·利特尔的花园下面。”

“他们不觉得住在那儿很麻烦吗？”维妮希娅坐了起来。

但是赫比、玛乔丽、乔安和南并不觉得那座位于比利·利特尔花园下面的宅子有什么不便之处。不过她们对维妮希娅说了更多关于玛布夫人的事情：玛布夫人每天早晨用橡果壳杯子喝咖啡，她的管家是一只画眉，她的车夫是一只黑鸫，她本人“只有一只胡椒罐那么大”。

“唔，”维妮希娅说，“你们跟我说的这些真是奇怪，不过也不比我最近亲身经历的事情更奇怪了。其实，我觉得我都快和他们一样了。也许你们可以再跟我说说怎么才能找到那座奇怪的房子。”

“哎呀！”其中一个孩子忽然捂住嘴。

“你最好别去。”另一个很耐心地说。

“她会把你变成黄油。”第三个说。

“黄油会融化的。”第四个总结道。

“也可能是布丁。”

“会被吃掉。”

“或者是变成一幅画像。”

“会被人一不小心扔进火里，你知道的。”

但是维妮希娅坚持要她们带自己去找玛布夫人的房子。她们最后还是同意了。

比利·利特尔是个年迈的农夫，脾气不大好。他住在先令路一所颓圮的房子里。他与基辛兰所有的孩子为敌，基辛兰所有的孩子也与他为敌。他的花园就在屋子后面，维妮希娅、赫比、玛乔丽、乔安和南必须弯着腰从他摇摇欲坠的窗户底下爬过去。

有人站在窗台边。她身穿颜色鲜亮的长裙，脸上的表情很是生气。

“原来你在这儿啊！”维妮希娅说。她站起来向那位女士质问道：“听我说，夫人！我希望你能回答我几个问题……”

“你在干什么？”赫比，或玛乔丽，或乔安，或南一边悄声责怪，一边拽着她的裙子让她蹲下。

“喂，你们看不见吗？”维妮希娅说，“玛布夫人就在上面，窗台边。”

“那不是玛布夫人!”赫比，或玛乔丽，或乔安，或南小声说，“那是比利·利特尔的贝茜茶壶，那旁边还有托比茶壶。”

维妮希娅再次抬头看，这次她看见的是一个陶瓷女子和她的陶瓷丈夫。他们确实是茶壶，因为他们背上有很大的把手。

“哼，好吧！”维妮希娅很不高兴。

“但是，”她心想，“说真的，我挺想把这两个茶壶从窗户边上推下去呢，因为我个人以为，谁也说不准玛布夫人到底在哪儿。”

在甘蓝叶子和其他很多黑乎乎的烂东西后面，有一条小路通往一个非常阴沉的池塘，塘壁很是陡峭。在岸边有一大片翠绿的草地，草地尽头有十几个石头和石板堆起来的东西。看样子这里应该是蜂巢，不过也有可能是墙垣垮塌的遗迹。那后面生长着高大的花朵，有绣线菊、田七、毛茛等等——就是这些植物让人感觉，那边仿佛有一座高塔或城堡矗立在密林中。

“太奇怪了，”维妮希娅说，“我之前来过这里。肯定来过。”

“她在那儿！”一个小女孩叫起来。

维妮希娅四下里打量了一番，隐约看见一阵空气的晃动。“蛾子。”她心想。她往前走，裙子的阴影掠过石头。这些石头被一股黑暗的湿气笼罩着，连阳光也无法驱散。她扒开玛布夫人的屋子，但是突然间，某种淡绿色的东西，或者说某个淡绿色的人，从石缝中跳将出来，一个接着一个，四处都是奇异的闪光，就像是成千上万的利剑在阳光下闪耀。它们飞快地向前冲，很难让人看清楚，在维妮希娅看来，它们就像是打了一场伏击的士兵。

“啊！”她大叫，“喂，你们这些坏蛋！你们这些大坏蛋！”她拼命抓住它们，把它们捏碎。在维妮希娅看来，它们又好像是在跳舞，那舞步比时下任何舞步都要复杂，存心要让她发疯。于是她越发起劲地把它们打落、踩烂。但是尽管她觉得自己已经消灭了好几十个，而且其他很多也受了伤，但是这些东西的数量却完全没有减少。渐渐地，她有些筋疲力尽了，她觉得自己大概是倒在地上了。当她往上看的时候，一张尖尖的、苍白的小脸出现在战场上方，那是一个维妮希娅搞不清楚名字的女孩，她迷惑不解地说：“这些都是蝴蝶，摩尔小姐。”

“蝴蝶？”她心想。

“只是蝴蝶，好妹妹。”芬妮边说边摸摸维妮希娅的脸颊。

她在自己家里，躺在自己的床上。

“一群淡绿色的蝴蝶，”芬妮说，“赫比、玛乔丽、乔安和南说你又嚷又叫地冲过去，拼命地打落那些蝴蝶，还把它们撕烂，直到累得晕倒在地上。”芬妮叹着气，“我敢说你肯定不记得了。”

“啊，我记得很清楚呢！”维妮希娅说，“赫比、玛乔丽、乔安和南带我去了玛布夫人的房子，就在比利·利特尔的花园下面。你知道，福克斯上尉也在那里头，至少我认为他在。玛布夫人要不派蝴蝶来阻拦我，我是可以把他带回来的，再说……”

“维妮希娅！”芬妮恼怒地说。

维妮希娅摊开手，发现手上有几片淡绿色的碎片，像是撕碎的纸，但是比纸轻得多也薄得多——那是两三只蝴蝶翅膀。

“我抓住你了，玛布夫人。”她小声说。

她拿过一张纸，把蝴蝶翅膀包进去，然后在纸包上写道：“致玛布夫人”。

对维妮希娅来说，说服霍金斯先生把这东西拿去给格劳特先生完全不难（霍金斯先生一直很爱护她，而且在这段时间尤其关心她）。

次日早晨，维妮希娅满心期待地等待福克斯上尉归来。要是他不回来的话，她肯定要继续去找他，芬妮和霍金斯先生都很支持她，因为虽然芬妮把她的鞋子藏在了菜园的兔子窝里，但是没过半个小时霍金斯先生又把鞋子拿了回来，还把它们放在维妮希娅床边。维妮希娅在三点钟的时候看见了鞋子和一张纸，纸是从霍金斯先生的备忘录上撕下来的，上面画着基辛兰和周边树林的地图，以及密林深处玛布夫人的房子。

楼下厨房里，霍金斯先生正在帮芬妮刷鞋，但是刷得相当不好，芬妮就站在一旁责备他。所以她没听见维妮希娅从前门溜出去沿着小路跑了。

地图上显示，玛布夫人的房子在树林很深的地方，比维妮希娅去过的任何一处都要远。她走了差不多一个小时，离玛布夫人的房子仍然还有一段距离。最后她来到一片林中空地，四周环绕着橡树、山毛榉、接骨木和其他很多漂亮的英国树。空地尽头忽然出现一片云雾似的飞虫，随后，一个人出现在阳光照耀的树林中。很难说他到底是从树林里出来的，还是从一大群虫子里出来的。他的头发呈现出一种红棕色，身上穿着蓝外套和白裤子，那是×将军兵团的制服。

“维妮希娅，”那人一看见她就叫起来，“我还以为你去曼彻斯特了呢！”

“是的，我去了，亲爱的福克斯上尉，”她非常快乐地跑过去，“可我现在又回来了。”

“这不可能吧，”福克斯上尉说，“我们不是昨天才道别的吗？我还把表链送给你做纪念了。”

他们为此事稍微争论了一下，维妮希娅反复说，距离他们分别已经过去四个月了，但福克斯上尉说不可能有这种事。“太奇怪了，”维妮希娅想，“他的优点倒是完全没变，可是我怎么不记得他有这么气人！”

“好吧，亲爱的，”她说，“我想你是对的，你一直都是对的。不过请你解释一下，为什么这些树木都长得这么茂密，而且还开满了花？我记得我走的时候树枝可是光秃秃的。这些玫瑰又是从哪儿来的？还有这些野草。”

福克斯上尉抱着胳膊看了看周围，他皱着眉头打量着周围的树。“我没法解释，”他终于承认，“不过，维妮希娅，”他十分高兴地说，“你永远猜不到我在这期间干了什么——我和玛布夫人在一起！她派人请我去她家里打牌，但是当我到了之后，却发现她满嘴胡说八道，说什么她爱我之类的话。我一直忍耐着，她简直是在考验我的耐心。我跟你说，维妮希娅，她是个非常奇怪的女人。她家里几乎没有任何家具，只有她自己坐的一把椅子，其他人都只能靠墙站着。那房子也很奇怪。要是你从正门出去，想着要去厨房拿杯茶或者从书房拿本书的话，结果总会发现自己来到一片小树林或者一片死气沉沉的荒地，要不就是被海浪冲个湿透。唉！而且还有人到房子周围来了好几次，我不知道那是谁。但是全家人还有用人们都吓坏了，因为这个人是玛布夫人尤其不想见到的。于是大家竭尽全力对付这个不受欢迎的客人。可是他们干得太差了！第三次的时候他们甚至死了好些人。就刚才还有两具尸体被裹在纸里送回来，我想这实在有点奇怪吧，纸上还写着‘致玛布夫人’。玛布夫人一看见这个，脸色立即变得苍白，然后说这么无聊的消遣不值得浪费蜡烛，虽然她不愿向任何人低头，但是也不愿再有人为此死去。我很高兴她这么说，有时候她也会认输。过了一小会儿，她说要是我想走的话就可以走了。”

“那么，当玛布夫人的仆人忙着对付那个麻烦客人的时候，你在干什么呢，亲爱的？”维妮希娅甜甜地问。

“啊，我在后面的客厅里打瞌睡，要是他们愿意就让他们自己忙去吧。我之前告诉过你吧，维妮希娅，一名军人必须能在任何时候睡着。不过你看，要是管事的人一时间被冲昏了头脑，就像玛布夫人这次，那么混乱和缺乏训练等毛病就会立刻影响到下级。这在军队里是很常见的……”就这样，福克斯上尉细数着他认识的将军，以及将军们的各项功过得失，维妮希娅挽着他的胳膊，把他领回了基辛兰。

他们走了很长一段路，相互倾诉了无数甜言蜜语，直到细雨随晨曦一道降临，鸟儿开始四处歌唱。忽然，前方出现了两点灯光。一开始维妮希娅非常紧张，但是他们很快发现那只是灯笼，世界上最普通的灯笼；其中一点灯光突然摇晃起来，随后照出芬妮消瘦的脸。“啊，霍金斯先生，”她高兴得哭起来，“她在这儿！我找到她了！”

威灵顿
公爵
失马记

本故事发生在尼尔·盖曼和查尔斯·维斯在《星尘》中联手创造的那个世界里。它涉及一座名为“石墙村”的英格兰村庄，村子里真有堵石墙，把我们这个世界和仙境隔开。要是躲过了那些手持大棒守在石墙缺口处的村民，你就可以到墙那边的仙境中去——但最好还是别去。

×郡石墙村的村民向来以自己的独立精神为荣。他们从不轻易向大人物低头，也不把贵族头衔放在眼里，傲慢自大则更为他们所厌恶。

1819年前后，全英格兰最骄傲的人当属威灵顿公爵无疑。这一点也不奇怪，连续两次打败法兰西暴君拿破仑·波拿巴的入侵，任谁都会自觉高人一等。

那年9月底，公爵大人来到石墙村，在七鹊旅舍住了一晚。尽管只是投宿一晚，但公爵大人还是和村民发生了争执。一开始大家都不满对方的傲慢举止，很快不满就升级为争执，而争执的中心则是庞弗雷太太的绣花剪刀。

公爵大人到访石墙村的时候，恰好波洛缪斯先生不在。他像之前一样外出采购好酒去了。有人说当他采购归来时，身上有淡淡的海水味。也有人说那种味道更像茴香籽。波洛缪斯先生不在的时候，七鹊旅舍由庞弗雷夫妇打理。

庞弗雷太太叫她丈夫去楼上客房拿剪刀，正好公爵大人在那儿吃饭。但是公爵大人直接把庞弗雷先生打发走了，因为他吃饭的时候不喜欢别人打搅。于是乎过了一会儿，庞弗雷太太把烤猪排砰的一声扔在桌子上，还很不满地瞪了公爵一眼。这下子公爵也生气了，他把那把剪刀揣进裤兜里藏起来（他打算等到次日早晨离开时归还）。

当晚，穷教士杜扎莫也到了酒店。一开始庞弗雷先生说已经客满，但见杜扎莫先生是骑马来的，他立刻就改口了，因为他想到一个拿公爵出气的好办法。他吩咐马夫考克罗夫特把公爵大人那匹枣红骏马从暖烘烘的马厩里牵出来，把杜扎莫先生那匹灰色的老母马放进去。

“那公爵大人的马又怎么办？”伙计问。

“哼！”庞弗雷先生恨恨地说，“路那边的草特别好，羊都没啃过。放那儿去吧！”

次日早晨，公爵大人起床后向窗外望去。他看见自己的爱马哥本哈根正在一大片绿地上吃草。早饭后公爵悠闲地散步，打算给哥本哈根喂一点白面包。但是有两个手持棍棒的人站在那片草地的入口处。其中一个对公爵说了些什么（大概是有野牛闯入之类），但是公爵根本没理会他，因为他看见哥本哈根钻进树林越走越远，快要看不见了。

公爵四下里打量了一番，突然发现其中一人居然抄家伙准备袭击他！

他非常惊讶地看着那人。

那人犹豫了一下，可能觉得不该对公爵大人动粗，不管怎么说，他毕竟是欧洲的保卫者、国家的英雄。趁着一瞬间的犹豫，公爵抓住机会跑进仙境追哥本哈根去了。

穿过树林，公爵大人发现自己走上了一条白色的小径，四周是圆滚滚的可爱山丘。山上长着很多古老的橡树和栲树，枝干上缠满常青藤、犬蔷薇和忍冬，每棵树都是一派浓浓的绿色。

公爵大人走了一里多路，终于看见河对岸有一座石头房子。河上有一架桥，厚厚的青苔包裹住桥身，看起来好像是用绿色天鹅绒垫子堆成的。那座房子有着石头房顶，底下由巨大的石块支撑，石头们仿佛不堪重负似的，都有些弯曲了。

公爵想，也许住在这儿的人可能看见过哥本哈根，于是他走上前去敲门。很久都没人来开门，于是他透过窗户往屋里瞧。每个房间都是空的。阳光在灰扑扑的地板上画出金色的光束。一个房间里摆着破旧的白镴酒杯，看样子这就是房子里全部的家当了。公爵大人来到最后一扇窗户边。

屋子里有个身穿深酒红色长裙的年轻女人，她背对窗户坐在木凳子上，正在绣花。她周围早已堆积了无数极其华丽的刺绣。那富丽的色彩从地板一直延伸到天花板上。就算是融化的彩色玻璃铺陈在她膝头也不会比这颜色更美了。

屋里还有其他少数几件东西：天花板上挂着一个破鸟笼，笼里有一只郁郁不乐的小鸟。

“尊敬的女士，”公爵趴在窗户上说，“您有没有看见我的马？”

“没有。”年轻女人继续埋头绣花。

“真不幸啊，”公爵说，“可怜的哥本哈根。滑铁卢的时候他和我并肩作战，他不见了我真的很难过。希望捡到他的人对他好点。可怜的家伙。”

他们都没说话。公爵望着那位年轻女子曲线优美的脖子。

“尊敬的女士，”他说，“我能否进屋和您闲谈一阵？”

“您愿意就进来吧。”年轻女人回答。

进屋后，公爵大人非常高兴地发现，那位年轻女子正如他猜想的那么漂亮。“这里真是个优美的好地方，尊敬的女士，”他说，“不过有些偏僻。如果您不介意的话，我想陪伴您坐上一两个小时。”

“我不反对，”女子回答，“不过您必须保证不打乱我的工作。”

“尊敬的女士，您是为什么人做如此庞杂的刺绣活呢？”

那位女子轻轻地笑了。“当然是为您啊！”她说。

公爵大人万分惊奇。“我能不能看看？”他问。

“当然可以。”她回答。

于是公爵大人走到她身后俯身细看。她绣的是成千上万幅无比精美的小图案，有些非常古怪，有些则很眼熟。

其中有三幅图尤其引人注意。一匹枣红马跑进石墙村外的草地反射出极明亮的银光；此外，好像还有一顶插着朱红羽毛的头盔。

公爵大人赶快四处寻找武器，可是除了破杯子以外什么也没有。他只好又回到放刺绣的房间里。

“有了！”他想到一个特别简单的办法，“我不和他吵，他自然就不可能杀了我！”他又看看刺绣，“哼，他看起来这么狂妄！谁受得了这么一个傻瓜！”

公爵大人非常不快，他无意间把手放进裤兜，摸到一件凉冰冰的金属物——庞弗雷太太的小剪刀。

“这也算是武器吧，上帝所赐！但这有什么用？我真不信他会傻站着等我用小剪刀刺穿盔甲。”

身披银甲的骑士已经走上了青苔覆盖的小桥。他的马蹄声嘚嘚响，盔甲也喀啷喀啷地响，在屋里都听得清清楚楚。他头盔上的红羽毛经过一扇又一扇窗户。

“等等！”公爵大声说，“这绝不是什么武力问题。这只不过是针线活！”

他抓起庞弗雷太太的剪子，剪掉了骑士来到屋子那幅图的线，然后把他们吵架和他被刺杀的图案也都剪掉了。剪完之后再看窗外，骑士已经不见了。

“很好！”他很高兴，“现在来稍微修改一下！”

公爵大人全神贯注地忙活着，一边低声咒骂，一边不断地刺破自己的手指头，终于在那位女士的刺绣活上加了一点图案——全然是又粗又笨、奇丑无比的针线。公爵大人绣的第一幅图是一个僵硬的小人

（代表他自己）离开这间屋子，下一幅图是他万分高兴地找到一匹僵硬的马（代表哥本哈根），最后一幅图是他们俩平安无事地回到石墙村。

他本想再绣一些恐怖灾害降临石墙村之类的图。他找到不少橙色和红色的丝线可以用来绣大灾大难，但是最后他不得不放弃，因为他绣不出那么夸张的东西。

于是，他捡起帽子离开了老石屋。哥本哈根正在门外等着他，就在他那粗笨的针线活所示的那个位置。他们两个都非常高兴。随后，威灵顿公爵骑上马回到了石墙村。

公爵大人确信，在那座河流环绕的屋子里他没受到任何伤害。在此后的生涯中，他当了外交家、政治家、英国首相，但是他越发觉得一切努力都是徒劳。他曾对阿巴斯诺特夫人（一位密友）说：“在欧洲战场上，我是命运的主人，但是身处政坛，我必须讨好他人、委曲求全，我好像已经变得全身僵硬了。”

令阿巴斯诺特夫人不解的是，说这话的时候，公爵大人看起来竟然畏惧不安且脸色苍白。

西蒙内利
先生，
或曰
仙灵鳏夫
C.V.

致盖瑟柯尔夫人：

夫人：

我本不应向您再三辩解，想必您已不胜其烦。但今天下午我同您道别时曾说，我将拿出有力证据证明我的清白，这证据将化解您对我的一切指责与误解，因此我把日记交与您。夫人，您看这本日记时也许会发现我对您的描述近乎无礼，其中的言辞也全无赞美之意，但是夫人，这本是私人日记，起初并不打算让任何人翻阅。

我不指望您原谅我，夫人。您尽可致信主教。我听候您的一切处置。但是有一点我决不承认：您认为我的所作所为有辱您的家人。夫人，正是我对您的家人敬爱有加才导致了今天的怪诞处境。

我仍是夫人您谦卑恭顺的仆人。

亚历山德罗·西蒙内利牧师

1811年12月20日于德比郡永望村教区

摘自《亚历山德罗·西蒙内利日记》：

1811年8月10日，剑桥大学圣体学院

我开始考虑我的婚姻问题。我没有钱，前途不甚光明，没有朋友相助。恐怕舍下脸皮才是眼前唯一的出路。约翰·温德尔私下里跟我说基督巷那书商的寡妇对我一往情深，人人都知道她丈夫留给她将近一万五千镑遗产。而她本人呢，我从未听谁说她不好。她年轻、正直、漂亮、慷慨，简直人见人爱。但我还是不能下定决心。我已经习惯于学者之间的严肃讨论，和女性谈话反而提不起兴趣。与其让我花几个小时去听往帽子上绑缎带的好处，倒不如和阿奎那、阿里斯托芬、欧几里得、阿维森纳等人做伴。

1811年8月11日

普罗瑟罗博士今早乐呵呵地到我房间来。他说："看到我你肯定很惊讶吧，西蒙内利先生。我们还算不上那种会在房间里恭候对方的朋友。"

的确如此，不过问题又出在谁身上呢？普罗瑟罗是剑桥最差劲的学者，他喜欢骑马打猎远胜过书本学问；自当上教授以来他一节课都不上，只是根据学院规定隔三岔五去应付一下差事；一次宴会可以吃掉五条烤鲭鱼（差点被撑死）；白天黑夜都喝酒；坐在椅子里打瞌睡，口水都滴到衣服上。所有人都知道我对他颇有微词，虽然这种诚实对我没有丝毫好处，但我还是要愉快地说一句：我给他制造了好些麻烦。

他又说："我给你带来了一个天大的好消息，西蒙内利先生！你得请我喝一杯，你确实该请我喝一杯！听了我给你带来的好消息，你肯定会非常诚恳地请我喝一顿！"他四下里找酒瓶，脑袋扭来扭去像乌龟一样难看。但是我没有酒，所以他只好接着说："德比郡有家人是我朋友，你知道的，他们问我能不能找到一个博学的绅士去那儿当教区长。我立刻就想到了你，西蒙内利先生！他们那儿牧师的工作并不繁重。我跟你说，他们前一个牧师惠特莫先生活到九十三岁高龄，可想而知那里多么有益健康，那里的空气该有多么清新！那位牧师为人善良，受人尊敬，但他不是学者。咳，西蒙内利先生，你会有一座属于自己的房子，花园、果园、农场一应俱全。要是你同意的话，我今晚就写信给盖瑟柯尔家的人，免得他们焦急等待。"

虽然他对我极力推荐，但我没法立即回答。我知道他在想什么。等我一离开圣体学院，他那个兄弟就能坐上我的位置了。但是我觉得，为了和他作对而拒绝这份差事也不太好。

我觉得这事儿要么对前途有好处，要么对婚姻有好处。

1811年9月9日

今天我成了英国圣公会的一名教士。我行动温吞，满身学究气，脾气也太过温和，无疑这种生活于我很是相宜。

1811年9月15日，德比郡乔治村

今天我坐驿站马车来到德比郡，座位在外面，花费十先令六便士。因为一直在下雨，所以我费了不少功夫来保护书和文件。我在乔治村的住所比一般旅店好多了。晚饭是烤野鸡、萝卜炖肉和苹果布丁。物价很贵，令人不满。

1811年9月16日

我对此地的第一印象不佳。雨下个不停，永望村周围显得十分荒凉，可以说是荒无人烟。这里有林木茂密的陡峭峡谷，有白浪翻滚的河流，贫瘠的土地上满是裸露的岩石和枯萎的橡树，还有大风刮过阴森的荒原。我得说，这风景很令人难忘，说不定能为小说中的写景段落提供良好的素材；但是我要住在这里，对我而言，此处无疑十分闭塞，村民大都粗鄙，没受过什么教育。我走了两个小时，只看见一处人迹——一座灰扑扑的农舍，周围是被雨水浸湿的围墙，更远些是灰暗且水气缭绕的树林。

我拐过一个弯，心想大概是快到村子了，有两个人骑着马沿小路走来。他们停在一座破旧的小屋旁，和院子里的人说话。我不懂得相马，但眼前那两匹实在漂亮：它们高大强壮、毛皮发亮，高昂着头，不断原地踱步，仿佛不愿留在如此平凡的土地上。其中一匹是黑色的，另一匹是枣红色的。枣红色那匹尤其耀眼，仿佛是整个德比郡唯一发光的事物，它就像烈火，在微雨的天气里燃烧。

同那两个骑手说话的是个老态龙钟的人。我走近之后听见有人叫骂，有个骑马的人伸手在那老人的头上比画。那姿势我从没见过，说不定是德比郡特有的习俗。我自认为从没见过如此充满轻蔑的姿态，出于民俗研究方面的兴趣，我会在后面附一幅插图，以准确表现那人当时的样子。

我估计那人没问出什么东西，很不满意地准备离开。我转念一想，既然我现在已经到村里了，那老人家自然就是我的教区居民。我决定不浪费任何时间，解决一切争端，化解一切矛盾。于是我加快步伐，叫住那位老人，告诉他我是新来的教区长，然后询问他的名字。他说他叫杰米。

“好吧，杰米，”我热情友好地对他说，“出什么事了？为什么那位先生很生气？”

他说骑枣红马的那个人的妻子今早就开始生产了。他和他家仆人过来找杰米的妻子乔安——乔安一直都是村里的接生婆。

“是吗？”我又问道，“那你为什么不叫你妻子出来？她在哪里？”

他指指对面山坡上的草地，透过雨雾，我隐约可以看见一座古老的教堂和一片墓地。

“那现在谁来帮村里的女人接生？”我问。

据他说是有两个人来接替：一个是斯塔布先生，贝克韦尔的药剂师；另一个是霍洛克斯先生，巴克斯顿的大夫。但是这两个地方都挺远，骑马要走三个小时山路。但是听杰米说，那位夫人情况不妙，“生产艰难”。

说实话，我对那位骑枣红马的先生感到很生气，他为什么直到今天，逼不得已了才想到要给妻子请大夫，之前九个月，他怎么都可以和大夫约好。不过不管怎么说，我还是快步追上那两个人，对骑枣红马的人说："先生，鄙姓西蒙内利。我曾在剑桥学过不少科目：法律、神学、医学……而且还和当今最知名的马修·贝利医生保持书信往来，他就住在伦敦的大风磨街。如果您不反对的话，我愿意去帮助您的妻子。"

他弯腰看着我，表情阴沉严肃但又急切。他的眼睛无比清澈明亮，仿佛充满智慧。他有一头长长的黑发，用黑丝带束起来，看上去如同老式假发。我估计他的年龄大概在四五十岁之间。

"那么您拥护盖伦还是帕拉塞尔苏斯*？"他问。

"什么？"我问（我以为他是在开玩笑）。但他还是很认真地看着我，于是我说："先生，您提到的那两位古代医生已经过时了。盖伦的解剖学是通过观察猪、羊、猴子学到的，帕拉塞尔苏斯则迷信魔法。其实，"我笑起来，"先生，就算您问我支持特洛伊战争的哪一方也没关系，可那都不足取信。"

可能我不该取笑他。我立刻觉察到自己错了。我想起这个毛病使我在剑桥树敌不少，我想起我决定在永望村改正这毛病，耐心对待所有无知无礼的行为。但是那位先生只是说："哦，丹多，我们运气挺好。一位学者，一位了不起的医生，将来照顾我的妻子。"他的笑容

---

* 盖伦是古罗马时期最有影响力的医学大师，被认为是仅次于希波克拉底的第二个医学权威；帕拉塞尔苏斯是中世纪的瑞士医生兼炼金术士。

浅而意味深长，那深色的脸颊只有一半在笑，“毫无疑问她会得到很好的照料。”

他说话的时候我又有了一些新发现：他和他的仆人衣服都非常脏，因为雨把他们的脸冲干净了，所以我一开始没发现。我本以为他的衣服是棕色粗呢或者其他差不多的料子，可是走近了之后我才发现那是红色天鹅绒，几乎褪了色，上面还有一层油垢。

“我先是让丹多照顾那老女人，”他说，“不过您来就更好了。”他沉默了一阵，突然大叫：“喂，你愣着干吗？你这个愁眉苦脸的家伙！”（我吓了一跳，但很快意识到他是在说丹多。）“下来！帮这位好医生骑上马。”

我正要说我根本不会骑马，可是丹多已经下来了，他几乎是把我提上马的；我还没搞清楚怎么回事，就已经脚踩马镫手握缰绳了。

时下剑桥很流行讨论相马、骑马、驯马之类的话题。一大群不学无术的学生为马事沾沾自喜。但是我发现骑马根本没那么麻烦。你只要紧紧握住缰绳，其他的事马知道该怎么做。

它突然就加速了！跑得飞快！我们很快离开大路，跑进一片茂密的森林，四周长满橡树、桦树和冬青；落叶飞舞，雨水滴落，我和那位先生像阴沉空气中的幽灵般飞快跑过！我们忽而跑到极高处，破碎的灰色云彩在我们周围散开，仿佛通往天国的大门！荒野里灰蓝色的水塘、被风吹歪的山楂树林、颓圮的灰色石墙、教堂的废墟以及溪流从我们身边一一掠过。我们翻山越岭，终于来到一座雨雾缭绕的山谷，站在一所孤零零的大宅门口。

这座建筑外观十分古老，房子各个部分风格迥异，所用材料也完全不同。有燧石和其他石料，也有古旧的银灰色原木，还有深红的砖头，在一片灰暗中十分抢眼。走近之后，我才发现这座屋子实在疏于管理。门没了铰链，倒在地上，用棕色的破布盖住；窗玻璃碎了，用旧纸张糊起来；屋顶铺着石板，但上面有无数小洞；过道上荒草丛生。在如此深沉的黑暗中，这座房子充满着孤苦哀伤之情，屋外宁静的湖水像镜子般倒映着一切景物。

我们下了马，进了屋，快步经过许多房间。我注意到这位先生的仆人（似乎人数众多）没有一个来欢迎他们的主人，或是报告夫人的情况，反而都傻头傻脑地躲在阴影里。

这位先生领我去了他夫人的房间。只有一个老妪看护他的夫人。那老妪很有特点，最醒目的当属她脸颊上长而粗的毛发，看上去像极了豪猪的鬃毛。

屋里很黑，因为老习俗认为产妇需要保暖，所以生着火。实在是热得要命。我一进屋立刻拉开窗帘推开窗户，但是光一照进来我就后悔了，这间屋子污秽肮脏得难以用文字描述。

那位夫人的床单上爬满小虫。白镴盘子散落一地，里面盛着腐烂的食物。但这副惨状并非源于贫穷。屋里到处都有非同寻常的物件：这边一条油腻腻的围裙里裹着狄德罗的《百科全书》，那边一双缀有宝石的红天鹅绒拖鞋被压在暖被炉盖子下面；床底下一顶银冠卡在草叉弹簧里，窗台上一具动物干尸（可能是猫）把它灰扑扑的脑袋放在细瓷罐里；一件赤褐色的天鹅绒裙衣铺在地上代替地毯（袍子极像了科普特人的款式），上面缀满了金箔和珍珠，但是线已经散开了，珍珠散落在尘土中。总之屋里是一片富丽与污秽的混合，此情此景是我绝对想象不到的。居然有人能容忍这般脏乱并纵容仆人们的懒惰，我对此无比惊讶。

再说那位可怜的夫人。她非常年轻，可能还不到十五岁；身材瘦小，透过皮肤几乎可以看到她的骨头；她腹部紧绷，肿胀如鼓。虽然我读过类似病例的资料，但是让这位女士配合我实在很困难。我尽可能说得准确易懂，但是她十分虚弱而且痛苦，很难照我说的办。

很快我就发现胎儿位置非常危险。因为没有手术钳，我只能试着用手帮它翻身，尝试几次后终于成功了。过了四五个小时，一个男孩终于诞生了。可是初看之下我并不喜欢他。贝利先生曾告诉我，新生儿一般呈鲜红的颜色，也有时颜色较深，好像波特酒。但这个孩子不管怎么看都是黑的。可是他非常强壮。我把他递给旁边的老妪时，他狠狠踢了我一下。我的胳膊很快就青了。

可惜我没能救活那位夫人。死亡俘获了她的心智，狠狠地从她脑中席卷而过——就好像狂风刮过屋子，所有的门都在砰砰作响。弥留之际，她觉得自己被囚禁在这个地方，被邪恶的狱卒日夜看守。

“嘘，”我说，“那是你的幻想。看看周围。这个善良的人……”我看了看那老妇人豪猪般的脸，“……她照顾着你。你周围都是朋友。放松吧。”可是她完全没听我说话，只是拼命呼唤着她妈妈来带她回家。

我努力挽救她。但是我这般努力又有什么用呢？一个生命来到世间，而另一个又撒手离去，等于徒劳无功。

我开始念诵赞美诗权作祷告，但是还没念到几个词就听见一声尖叫。我睁开眼睛，看见那老妇人抓着孩子飞快地跑出房间。

我叹口气停止祷告，转而去找那做丈夫的。他在书房里看书，一副漫不经心的样子。那时候差不多是七八点钟。

我认为作为教区长，我应该说说他妻子以示安慰，可是我对她几乎一无所知。我想不出说辞来称赞她的美德。而她的美貌我也没看出来；我只见到她分娩时和临终时的痛苦。于是我原原本本地跟他说了事情经过，然后简单说了几句。在我自己听来，我好像是在因为误杀他妻子而道歉。

“啊，”他说，“我相信您已经竭尽全力了。”

我钦佩他的理智，不过这实在令我惊讶。不过我随即想起来，她跟我说话时，有好几次语法错误，而且措辞也都是方言。我想，这位先生大概也和许多前人一样，因迷恋着碧蓝的眼眸和灿烂的金发而不顾门第缔结良缘，之后又追悔莫及。

“您刚才说，是个男孩？”他心情非常好，“太好了！”他打开门探出头去，叫人把孩子抱来。很快，丹多和豪猪脸的保姆带着孩子来了。那位先生看了看他儿子，声称自己很高兴。然后高举起孩子说道：“你须坐在铲上，先生！”接着又狠狠摇了那孩子一下，说：“你须走进火中，先生！”然后再摇了一下，说：“你须到烧红的炭里去，先生！”接着又摇了一下。

我觉得他这玩笑开得太离奇了。

随后保姆用一块布裹着孩子离开了。

“先生，不能这样做！”我叫道，“我必须阻止您！难道没有干净的襁褓吗？”

他们都惊讶地看着我。然后那位先生笑着说：“西蒙内利先生，您真是目光敏锐！难道您所看见的这块布，不是最细软最白净的亚麻布吗？”

“不是，”我有些气恼，“我看见那只是块破布，用来擦鞋都不配。”

“是吗？”那位先生有些惊讶，“那丹多呢？告诉我您看见他是什么样？您看见他鞋子上的宝石搭扣了吗？没有？那么他的黄色天鹅绒大衣和闪亮的宝剑呢？”

我摇头。（丹多和他主人一样衣着复古，而且彻头彻尾就是个衣衫不整、狂妄自大的混蛋。他穿着长靴，脖子上戴着又脏又破的蕾丝领子，头上还有一顶古旧的三角帽。）

那位先生若有所思地盯着我看了一会儿。“西蒙内利先生，”他说，“您的面孔令我印象深刻！那炯炯有神的眼睛！那暗色的睫毛！那高贵的眉毛！所有这些特征都说明您是我们家族的近亲！请您务必赏光，同我一起站到镜子跟前。”

我照他说的做了；除却我们肤色不同以外（他是山毛榉果般的棕色，我则是热压纸一样的白），其他方面果然非常相似。我脸上每一处奇怪或者与旁人不同的特征他都有：我们的眉毛都很长，像钢笔的笔画一样在眉梢处向上挑；眼角也微微倾斜，呈现出漫不经心的表情；右眼下方也都有黑色的小痣。

“哦，”他惊呼，“绝对没错！令尊姓什么？”

“西蒙内利，”我笑着回答，“这是当然的。”

“他出生在哪里？”

我犹豫了一下。“热那亚。”我说。

“令堂叫什么？”

“弗兰西丝·西蒙。”

“她的出生地呢？”

“约克。”

他拿来一张纸铺在桌上一一记录下来。“西蒙和西蒙内利，”他说，“真奇怪。”他好像想从我的父母身份里发现什么。不过最后他失望地说：“哦，没关系，西蒙内利先生，不管我们有怎样的关系，我都会查清楚的。您帮了我大忙，我想极力报答您，但是我不知道该如何报答自己的亲戚，因为家族成员互帮互助本就是分内之事。”他意味深长地笑起来，“我要再调查几个问题。”

他对于面部特征和家庭关系的兴趣只说明一点：他不会付钱！他竟然这样无赖，我非常生气！我告诉他我是永望村教区的教区长，并说希望能在礼拜天的教堂里见到他。

但他却微笑着说：“我们这儿不属于您的教区。这里的确是永望宅，根据古代的条约，我是永望庄园的领主，但是历经岁月之后，村子和这座宅子已经完全分开了，如您所见，相隔非常遥远。”

我完全不懂他在说什么。我随后就和丹多一起走了，他送我回到村里。临走前我冲着书房里说："您一直没告诉我您的名字，这太奇怪了。"

"我叫约翰·常青履。"他微笑着说。

出门的时候，我听见有人把一铲子煤铲到火上，然后还有煤被耙子耙平的声音，肯定没错。

回去的路程不如来的时候那么惬意。云层遮住了月光，天上细雨连绵，但是丹多的马骑得和他主人一样飞快，我一直在担心会不会摔断脖子。

村子的灯光终于出现了。我跳下那匹黑骏马，准备向丹多告别，但是就在我下马的同时，丹多一抖缰绳驰骋而去。我跨了一步，立刻被我的行李和书绊倒，那些是丹多帮我拿着的，我自己都快忘了。

周围空荡荡的，只有几座小农舍。右边稍远处，几扇窗户闪耀着光芒，宽大的窗框和朴素的样式让我联想到温暖的房间、晚餐餐桌和舒适的沙发——总之该是一位绅士的居所。

我敲了门，一个装束整洁的女仆应声出来。我问她这里是否是盖瑟柯尔先生府上。她回答说盖瑟柯尔海军上将六年前溺水身亡。她又问我是不是新来的教区长。

那个女仆让我在大厅里等着，她去通报我来了。我正好有时间四下打量一番。地板是复古的方砖，一尘不染。每个橡木柜子、每个胡桃木抽屉、每个小桌都仔仔细细地打上了蜂蜡，显得光彩照人，也充分显示出女主人的勤劳。屋里一切都干净、精致、整洁，两相对照，我可是自惭形秽。我周身邋里邋遢、衣衫不整，还不是因为在大雨里骑行了好几个小时，穿过茂密的树林，之后又经过好几个小时的煎熬，送走了一个死人，迎来了一个新生儿；我的衣服上还沾了一块黑色的油污，我想肯定是在约翰·常青履家里弄的。

那位衣着整洁的女仆领我到客厅，有两位女士在等着看新来的牧师长啥样。其中一个庄重缓慢地站起来，自称盖瑟柯尔夫人，将军的遗孀。另一位夫人是埃德蒙夫人，将军的妹妹。

女仆打开老式折叠桌，铺好亚麻桌布，摆上晚餐。食物很丰盛，有焖鸡肉、鲜牡蛎、苹果蛋挞、温斯利代尔干酪，还有以细颈瓶乘着的酒和杯子。

盖瑟柯尔夫人拿着我的那封信，此外还有一封签名潦草的信，看样子像是普罗瑟罗博士写的。“西蒙内利是意大利姓氏，对吗？”盖瑟柯尔夫人问。

“是的，夫人，但鄙人确是英国人。”她便没再多问。我很高兴不用重复今天已经说过的谎话。

她拿着普罗瑟罗博士的信，半信半疑地大声念了几句，然后就说起我住的那座房子。她说，这种长期由老年人照管的房子很容易荒废，她担心我会花不少钱去修理，但是既然我是个有产阶级，这些花费倒也没什么。她喋喋不休，我就盯着壁炉。我坐在那儿简直要累死了。我突然发觉她说得不对，我有义务尽快纠正错误。于是我打起精神说道：“夫人，您恐怕理解错了。我并不是有产阶级。”

“钱是肯定有的，”她说，“公债什么的。”

“也没有，夫人。”

她沉默片刻。

“西蒙内利先生，”盖瑟柯尔夫人说，“我们这个教区很小，大部分人都很穷，年收入不超过五十镑。这点收入不够一位绅士生活吧。您连日常生活都不够。”

这个背信弃义的普罗瑟罗，打算害我穷困潦倒，不过现在看到这点却为时已晚。我能怎么办呢？我没钱，在剑桥又树敌颇多，我一走肯定很难回去。我只能叹气，自称生活节俭。

盖瑟柯尔夫人轻轻笑了一声。“西蒙内利先生，您可以节俭，但是尊夫人知道只有那么点儿家用的时候就会有想法了。”

“我夫人？”我惊诧地问。

“西蒙内利先生，您已经结婚了吧？”

“我？没有，夫人！”

又是片刻的沉默。

“哦，”她最后说，“我不知道说什么才好。我想，我已经说得很明白了！要一个可敬的、有家室的、前途光明的人来。真不知道普罗瑟罗在想什么。我之前已经拒绝了一个没结婚的年轻人，不管怎么说那人一年还有六百镑的收入。”

另一位女士埃德蒙夫人这时终于说话了：“我觉得更麻烦的是，普罗瑟罗博士给我们送来了一个学者。我们教区只有高石府供绅士们交际。此外，除了盖瑟柯尔夫人一家，您的教区居民全是山区农民、牧羊人和小商贩这类粗人。西蒙内利先生，您的学识在这儿完全是浪费。”

我无话可说，也许是沮丧的心情流露在了脸上，那两位夫人的态度温和了不少。她们说我在本教区的住处已经收拾好了，埃德蒙夫人还问我上顿饭是什么时候吃的。我承认从昨晚开始米水未进。她们便邀我一起用餐，眼睁睁地看着我摸过的每一件东西——精致的瓷器，雪白的亚麻餐巾——全都印上了又黑又油的手指印。

离开的时候，我听见埃德蒙夫人说："哎呀呀，好一个意大利美男子！真厉害。我从没见过这样的人。"

1811年9月17日上午10点

昨晚太绝望了！今天早晨显得充满希望和快乐！我脑中又浮出了新的计划！还有什么比挂满露珠的秋季早晨更令人精神振奋的呢？到处色彩缤纷、清新醉人而且充满活力！

我对教区长的宅子非常满意，甚至想长期住下去。这是座古旧的石头房子。天花板低矮，每个房间的地面都各有高低，山墙比烟囱还多。而且一共有十四个房间！我到底该拿这十四个房间干什么才好？

我发现惠特莫先生的衣服还在衣柜里。必须承认，我先前压根儿没想到这位老先生，但他的衣服却令他栩栩如生地出现在我眼前。他鞋上的突起破坏了原本的形状，却十分贴合他的脚。几乎散架的假发还没意识到主人已经去世。褪色的长外套叠好装起来，清晰地显现出肘部和肩膀的线条。这感觉就像我一打开衣柜，就发现了惠特莫先生。

有人在花园里叫我了……

当天下午 4 点

杰米，就是我昨天遇到的那个老头子死了。尸体就在农舍外面，从头部到下腹整整齐齐地被撕成两半。肯定是发生了非常恐怖的事情。奇怪的是，昨天整天都在下雨，没人觉得有亮光之类。葬礼明天举行。他是永望村第一个和我说话的人，我的第一件工作便是为他下葬。

之后本教区又发生了另一件坏事，在我看来要比死人稍微好些：有个叫黛朵·普蒂菲的年轻姑娘失踪了。今早她妈妈格罗索普太太去邻居家借肉豆蔻磨子的时候她还好好的。格罗索普太太让黛朵自己抱着她的宝宝去果园散步，等她回来的时候，小宝宝躺在湿草丛里，黛朵不见了。

我陪埃德蒙夫人去她家安慰了一番，回来的时候埃德蒙夫人说："坏就坏在她长得太漂亮了，金发蓝眼睛。没别的解释，肯定是哪个坏蛋路过花言巧语骗了她，把她劫走了。"

"看起来不像吧，"我说，"她应该是自愿走的。她没受过多少教育，很可能根本没考虑过道德家庭之类的问题。"

"您没明白，"埃德蒙夫人说，"没有比黛朵更爱家爱丈夫的姑娘了。没哪个姑娘比她更喜欢照顾小孩子。黛朵·普蒂菲是个傻丫头，但是诚实可靠。"

"啊，"我笑了，"也许今天以前她都非常好，但是你要知道，很可能她之前从未受到诱惑。"

可是埃德蒙夫人对黛朵·普蒂菲始终赞誉有加，我也就不便说什么了。之后她转到了一个更有意思的话题上——我的前途问题。

“西蒙内利先生，我的那位小姑子太有钱了，所以常常高估别人的生活需要。她以为年收入没有七百镑就活不下去，但我觉得你应该没问题。日常生活一年五十镑就够了，农场的收成可以盈利两到三倍。头四五年你得省着点。我会让高石农场给你送牛奶和黄油的。不过，西蒙内利先生，等到仲夏时候，你可得给自己买一头奶牛。”她想了想，“玛乔丽·霍林斯克拉夫会给你一两只母鸡。”

1811年9月20日

今天早晨，教区长宅子前面的小路上堆满了齐膝高的棕黄色的落叶。银色的细雨如烟雾般笼罩着教堂墓地。十来只身披黑衣的乌鸦在墓地里徘徊。我经过小路的时候，它们一齐飞过来，好像一群长着翅膀的助理牧师准备过来问候。

我身后传来一阵低语，有人发笑，随后是礼貌的咳嗽，继而一个甜美而低沉的声音说道：“哦，西蒙内利先生！”

我转过身。

五位年轻的女士，每个人都有一模一样笑意盈盈的眼睛、神情了然的笑容和被雨水打湿的棕色鬈发，她们就像一支同样的旋律，重复着五组不同的编曲。哪怕是我这样迟钝的人也能看出来她们戴着一样的帽子，打着一样的伞，蒙着一样的面纱，系着一样的缎带，颜色各不相同，但是都柔和地混在一起，非常协调。此刻我唯一能确定的就是她们都像天使一样美丽。她们非常可爱地站在一起，互相撑着伞，年长的那两位庄重矜持，而年幼的则轻轻笑出声来。

叫我名字的那位高个子姑娘先是道了歉。在草地上突然叫住别人是很失礼的，她希望我不要介意：“……但是妈妈压根儿忘了给我们介绍，埃德蒙姨妈只顾着关心黛朵去了，所以……西蒙内利先生，我们觉得还是别管那么多繁文缛节，直接自我介绍好了。因为你是本地牧师，所以我们斗胆来见你。羔羊不必害怕牧人，对吗，西蒙内利先生？唉，我真是受不了那个呆瓜普罗瑟罗博士了！他为什么不早点介绍你来？西蒙内利先生，希望你不要以这个乏味的季节评判永望村！”她说罢一挥手，周围优美静谧的胜景统统失了颜色：树林、山丘、荒原、溪流，仿佛全都从我眼中消失了。“要是你在 7、8 月来，我们就能带你欣赏德比郡的美景了，只是现在，你大概会觉得非常无聊吧。”可是她的微笑令我觉得任何地方都不无聊，只要有她相伴左右。“不过，”她又稍微快活地说，“我应该叫妈妈开个舞会。西蒙内利先生，你喜欢跳舞吗？”

“埃德蒙姨妈说西蒙内利先生是位学者，”她的一个妹妹露出狡黠的微笑，“可能他只关心书本。”

“西蒙内利先生，你最喜欢什么书？”一个中等个头的盖瑟柯尔小姐问。

“西蒙内利先生，你唱歌吗？”高个子的那个盖瑟柯尔小姐又问。

“西蒙内利先生，你打猎吗？”最小的盖瑟柯尔小姐刚问完就被姐姐制止了：“别说话，基蒂，当心他把你当作猎物。”

最年长的两位盖瑟柯尔小姐分别挽着我的胳膊，一路为我介绍本教区情况。关于本地风物和居民她们说得头头是道，自以为都不及她们自身来得快乐有趣，可事实却跟她们愉快的想法正好相反。

1811年9月27日

我在高石府吃了晚饭。上了两轮菜，每轮十八道菜：奶油糊汤啦，鲭鱼啦，炖羊肉啦；炖鸡的味道尤其好。还有美味无比的苹果蛋挞。我是在场的唯一男士。

埃德蒙夫人跟我说农场的事：“……西蒙内利先生，我可以陪你去买羊。我在挑家畜方面眼光不错。”

“那真是太好了，夫人。”我答道，“不过我在想，这附近只有巴克斯顿才有医生，也许我可以兼作医生。我想你一定听说了，我先前替常青履夫人接过生。”

“谁是常青履夫人？”埃德蒙夫人问。

“永望宅男主人的妻子。”

“我不明白你在说什么，西蒙内利先生。这附近没什么永望宅。”

“西蒙内利先生，你在说谁？”盖瑟柯尔大小姐问。

她们实在太不关心邻里了，不过我还是很耐心地讲了见到约翰·常青履的经过，以及在永望宅的见闻。但我越是详细描述，她们就越发认定附近没这个人，也没这座宅院。

“也许是我记错名字了。”说是这么说，但我认为我没记错。

“哦，肯定是记错了，西蒙内利先生！”盖瑟柯尔夫人说。

“他说的可能是萧先生。”盖瑟柯尔大小姐迟疑地说。

“或者约翰·维斯顿。”玛丽安小姐说。

她们开始讨论我说的到底是谁，但是每个假设都被否定了。这些人不是太老就是太年轻。方圆几里之内的先生没有哪一位最近当了爸爸，无论如何也没法证实本地区还有这么一位落魄的男士。

1811年9月29日

我终于知道盖瑟柯尔夫人为什么如此急于找一位富裕且已婚的牧师了。她害怕没钱没结婚的牧师会娶上某个盖瑟柯尔小姐，从而过上富足的生活。罗伯特·约克（就是我来的第一天晚上，盖瑟柯尔夫人说的那个年收入六百镑的牧师）之所以被拒绝，就在于他表露出了对盖瑟柯尔大小姐的爱慕之情。而我受到全体盖瑟柯尔小姐的欢迎，盖瑟柯尔夫人肯定对此气得咬牙切齿。但是她们每个人都颇有求知欲，所以我就成了所有人的教师：盖瑟柯尔大小姐学习法语，玛丽安小姐学高阶意大利语语法，亨丽埃塔学习英国历史中美好浪漫的部分，基蒂则学习其中腥风血雨的部分，简学数学和诗歌。

1811年10月9日

今早我从高石府返回的时候，发现丹多正牵着两匹马在教区长宅子门口等我。他说他的老爷有一些要紧的事找我。

约翰·常青履还和以前一样在书房里看书。他旁边一张脏兮兮的边桌上放着一杯酒，杯子也很脏。“啊，西蒙内利先生！”他叫着站起来，“真高兴见到你！先生，看来你不光有咱们家族的面孔，也有咱们家族的缺点啊！”

“此话怎讲？”我问。

“不知道吗？当然是撒谎啊！来，西蒙内利先生！别这么惊讶。我查明你的身世了，先生。你父亲不姓西蒙内利，据我所知，他也从没去过热那亚！”

一阵尴尬的沉默。

“先生，你认识我父亲吗？”我迷惑地问。

“啊，认识！他是我堂兄。”

“这绝不可能。”我说。

“完全可能，”他说，“你花点工夫读读这封信就知道我说得没错。”他给我一些发黄的信纸。

“你这样捉弄我有何企图？”我大声说，“我自然管不着，但是先生，我希望你能收回这些话，不然我们就得另想办法解决此事了。”我不胜其烦地把信扔回给他，这时我瞥见了一行字：“约克郡亚麻商人的三女儿”。“等等！”我又把信拿回来，“我母亲就是约克郡亚麻商人的三女儿！”

“没错，西蒙内利先生。”约翰·常青履撇撇嘴，意味深长地笑着。

信是写给约翰·常青履的，发信地点是约克市石门街的古星酒栈。写信的人说他正急急忙忙吃早饭，信纸上有蜜饯和黄油的痕迹。他好像是要去永望宅拜访约翰·常青履，不过因为心血来潮爱上了约克郡亚麻商人的三女儿，所以有所延迟。他详细描写了那位美人的容貌——“体态丰盈”“淡金色鬈发”“勿忘我般蓝色的眼睛”。

据我的朋友们描述以及速写和水彩肖像记录，信上说的就是我母亲！在没有其他证据证明约翰·常青履所说为真的情况下，信上日期可供参考——“1778 年 1 月 19 日”，我出生前九个月。落款写的是“你亲爱的外甥，托马斯·仙木”。

“充满爱意，”我读完了信，“不过隔天他就抛弃她了！”

“啊，这不能怪他！”约翰·常青履说，“人没法改变自己的性情，你知道的。”

“不过，”我说，“我还有一事不明白。我母亲对这件事向来讳莫如深，她甚至不知道他的名字。她唯一确定的是那人是个外国绅士。”

“哦，这个很容易解释。”他说，“虽然我们在这岛上生活了很长时间，比别的居民早好几千年，但我们还是要远离其他种族，保持我们自己血统的纯正并以之为傲。”

“先生，你是犹太人吗？”我问。

“犹太人？”他说，“完全不是！”

我想了想。“你说我父亲已经去世？”

“哎呀，对。他离开你母亲后，并没有到永望宅来，因为他东游西荡，这边厢看会儿赛马，那边厢看会儿斗鸡。过了几年，他又给我写信，说仲夏时分将到我这里来住很长一段时间。但是这次，他才走到卡莱尔附近的一个村子，就和两位年轻女子坠入了爱河……”

“两个！”我惊讶地说。

“嗯，”约翰·常青履说，“她俩一样漂亮。他不知道选哪个才好。一个是磨坊主的女儿，另一个是面包师的女儿。他想把她们带去他在艾尔登山的住所，在那里，她们将长生不老，获得一切向往之物。但是，唉，这些忘恩负义的女人实在不配到那里去，紧接着我就收到了他的死讯。后来我得知，那个磨坊主的女儿给他捎信，让他相信她温厚善良，于是他就去了磨坊，那儿有条水流湍急的河，河边长着花楸树——我得插一句，在所有树木中，数花楸树最讨人厌——那两个年轻女子都在磨坊里等他。磨坊主的女儿用一大串花楸树果子朝他劈头打去，面包师的女儿顺势把他推进河里。这两个女人合力把石磨砸到他身上，让他沉入河底。他其实非常强壮。我家里的人，或者应该说咱们家里的人都很强壮，一般不会被杀死，但是石磨压在他身上，他没法浮起来，没多久他就淹死了。”

“上帝保佑！”我惊讶极了，“这太可怕了！作为牧师，我实在无法认同他拈花惹草的恶行，但是作为子女而言，我认为这两个女人的报复行为远远超过了他应得的惩罚。这两个恶毒的女人得到正义的审判没有？”

“唉，没有。”约翰·常青履说，“我想，我们还是不要谈论这种伤害家族感情的事情了吧。跟我说说你为什么突发奇想自称是意大利人。”

我告诉他这是我外祖父的主意。从我深色的皮肤和他女儿的描述推测，他认为我应该是意大利或者西班牙人。不过他更喜欢意大利音乐，也就更加钟情于意大利这个国家。他名叫乔治·亚历山大·西蒙，所以就把这个名字改了改作为我的名字——乔治奥·亚历山德罗·西蒙内利。他是个非常好的老人家，不但没有因此事抛弃他的女儿，反而细心照料她，给她钱，还给她另辟一个住处。当她去世时，我外祖父伤心欲绝。尽管我出生时他稍觉蒙羞，但还是抚养我，让我接受教育。

“不过最重要的是，”约翰·常青履说，“你挑中的这个出生地，假如托马斯·仙木去过意大利的话，一定是最令他满意的地方。不是华丽的威尼斯，不是雄伟的罗马，不是高贵的佛罗伦萨，却偏偏是热那亚——那波光粼粼的海面上倒映着浓重的阴影，回荡着不祥的回音！”

“哦，但我只是随便选了那个城市，真的。”

“这无所谓，”约翰·常青履说，“选择热那亚倒是显示了我们家族非凡的洞察力。是你的眼力表明你身份不凡。说实话，你说裹孩子的布有点脏的时候，我简直惊讶得不能再惊讶了。”

我问他儿子身体如何。

“哦，他非常好！谢谢你！我找到了一个很好的奶妈，是你那个教区的，孩子很喜欢她的奶水。”

1811年10月20日

今天早晨，盖瑟柯尔小姐们在高石府的马厩里准备停当，准备骑马外出。自然，她们请我也一起去。

“但是，亲爱的，”埃德蒙夫人对盖瑟柯尔大小姐说，“你该想到西蒙内利先生可能不会骑马。并不是人人都会骑马。”她说完看了我一眼，好像可以帮我摆脱困境。

“啊，”我说，“我会骑马！骑马是我最喜欢的运动了。”我朝那匹骄傲自大的灰母马走去，这畜生非但不肯让我骑上去，还往旁边走了几步。我追过去，它再次走开。这样僵持了三四分钟，高石府的女士们全都默不作声地看着我们。趁它站住的时候我立刻骑上去，但是这马的侧腹长得太奇怪了，我没法像骑约翰·常青履的马那样一下就跳上去，而是在爬到一半的时候就上不去了。

高石府的女士们自然不承认是那坏脾气的畜生有问题，她们只说我骑马不得法。我简直丢脸到家了。盖瑟柯尔大小姐和玛丽安小姐惊讶地看着我，基蒂则不加掩饰地放声大笑。

经过仔细考虑，我艰难地得出结论：这件事正好督促我练习骑乘所有的马。也许我可以请约瑟夫教我，他是盖瑟柯尔夫人的马夫。

1811年11月4日

今天我陪着五位盖瑟柯尔小姐走了很长一段路。碧空如洗，林涛焕彩，浮云如絮，这是我沿途看见的全部风景，因为我的注意力总是被众位小姐吸引了去。“啊，西蒙内利先生，你能不能做做这个？”或者“西蒙内利先生，麻烦你做做那个好吗？”或者“西蒙内利先生，你对这个有什么意见？”我一路上提着野餐篮子，扛着素描架，对透视画法提出建议，评论柯尔律治的诗歌，吃蛋糕，斟酒。

我通读了到教区以来所写的日记，惊讶地发现我先前竟会以为众位盖瑟柯尔小姐彼此相似。世上再没有比她们更不同的五姐妹了，无论品味、个性、为人、相貌，全都大相径庭。大姐伊莎贝拉长得最漂亮，身材也最高，举止最为优雅。亨丽埃塔生性浪漫，基蒂无忧无虑，简沉默寡言——她可以一连好几个小时对着书本幻想。姐妹们走来走去，打打闹闹，唯独她带着胜利的微笑穿过房间，对眼前事物视而不见，埋头开始绣花。可是她对自己的做派毫无自觉，有时候她会突然抬起头，冲着我意味深长地微笑。我也回应她的微笑，直到我相信自己已经和她分享了某个高深玄妙的秘密。

玛丽安是二姐，她有着红褐色的头发，好像干燥的山毛榉树叶；她是姐妹中最要强的。我们在一起不到一刻钟就会因为这样那样的事情争论起来。

1811 年 11 月 16 日

约翰·温德尔写信告诉我，礼拜四圣体学院的导师餐会上，普罗瑟罗博士对康西丁博士说，他想象了一番我十年后的模样：带着一个衣衫褴褛的老婆，养了一长串穿着破烂鞋子、鼻涕横流的小孩。康西丁博士听了大笑不止，结果不小心喝了一大口滚烫的碎肉汤，汤都从鼻子里喷出来了。

1811 年 11 月 26 日

去约翰·常青履的宅子没路可走。他的仆人们也不去耕种田地；

据我所知周围没有田地。真不知道他们靠什么生活。今天我似乎看见有只老鼠架在火上烤，几个仆人拿着陶土盘子和旧餐刀眼巴巴地等着。他们的脸藏在阴影里。（说来也怪，除了丹多和那个豪猪脸的老妪，我从来没看清楚过约翰·常青履的其他仆人。我一靠近他们就走开。）

约翰·常青履是个很好的谈话对象，他谈吐睿智，学识渊博。今天他告诉我，加略人犹大很擅长养蜂，他的蜂蜜是近两千年来最最美味的。我觉得很有趣，因为之前从未听说过，所以就更加详细地追问他。他说他还存着一罐犹大的蜂蜜，要是找到的话就给我。

然后他又说起我父亲，说他死后留下不少麻烦事，不断有敌人来争他的领地，不断地打啊吵啊。

“我至少记得两场决斗，”他说，“结果死了两个。还有一个，那人痴迷弦乐四重奏，他想要你父亲的领地想得发了疯，结果三年前，人家发现他被吊在树上，上吊绳是他自己的一头银发，他的尸体上插满了小提琴、中提琴、大提琴的琴弓，那情形好像是为音乐殉道的圣塞巴斯蒂安。去年冬天有一家人被毒死了。还有个女的穿了件睡衣就冲进暴风雪里，结果却是她的仆人死了。我根本不想要那块地，因而安然无恙，不过说实话，我比他们任何人都更有权继承那块地。不过名正言顺的继承人应该是托马斯·仙木的儿子。只要他儿子宣布对那块地的所有权，所有的纠纷都可以解决了。”他看着我。

“啊！”我惊讶地说，“但我只能算是私生子……”

“我们不管这种事。这种事其实很寻常。你父亲的领地，英格兰的和其他地方的加起来不比我的少，你要拥有这些土地一点也不费事。只要别人知道我支持你，过不了一季你就可以在悚心宅安顿下来了。”

我做梦也没想到有这等好运！虽然不敢相信，但我不由自主地反复想着这个念头。没人比我更喜欢大笔的财产了，而且我这种愿望也并非完全出于自私，因为我一直坚信我是理应拥有财富的人。要是我继承了那些领地，我就可以用科学方法成倍地增加收成（不少先生都在这么干）。我会密切关注雇农和仆人们的生活，让他们过得快活。也许我可以卖掉父亲的土地，改在德比郡买一份田产，然后和玛丽安或者伊莎贝拉结婚，这样我就可以每周骑马到永望村，就每一件事情详细询问盖瑟柯尔夫人，然后给她和埃德蒙夫人提出建议。

1811 年 12 月 8 日早上 7 点

黛朵·普蒂菲还是没有消息。先前我和埃德蒙夫人说她和吉卜赛人跑了肯定是错怪她了。我们详细询问了周围的农民、牧人和旅店老板，自仲夏以来，谁都没见到有吉卜赛人来过。今早我决定去拜访黛朵的母亲格罗索普太太。

当天早上 8 点

我的心情真是大起大落！不到十二个小时，我经历了大喜大悲。想要继承父亲的遗产，我真是个傻瓜！倒不如去地狱里租块地算了！我现在是真该下地狱了，我罪有应得。我太失职了！我令全教区的人受到威胁。全教区的人！我现在最关心的就是如何保护他们免受伤害。

我去拜访了格罗索普太太。这可怜的女人用围裙包着头，为黛朵痛哭不已。我对她说，埃德蒙夫人和我计划在德比和谢菲尔德的报纸上刊登广告，寻找见到过黛朵或和她说过话的人。

“唉！”她叹气道，“这没用啊，先生，因为我很清楚她在哪里。”

“你知道？”我非常不解，“那你为什么不把她接回来？”

“如果不是约翰·常青履掠走了她，我肯定会去的！”她叫着。

“约翰·常青履？”我惊讶极了。

“是啊，先生，”她说，“你肯定不知道约翰·常青履吧。埃德蒙夫人不喜欢听到这种事，她只说是我们无知。但是我们这些乡下人都知道约翰·常青履，他是这附近一个非常强大的仙子。唉！据我所知，从创世之初他就活着了，他一直统治着我们所有人。我想肯定是因为无望宅添了个仙灵婴儿——无望宅是他的住处——他得找个奶水充足的健康姑娘。”

我实在无法相信。但也不能说不信。我只知道我呆呆地坐在那儿，惊讶得半天没说话。之后那可怜的妇人忘了自己的不幸，却开始关心起我来。她摇了摇我的肩膀，又找埃德蒙夫人要了些白兰地。我一口干了白兰地，然后径直去了盖瑟柯尔夫人的马厩，让约瑟夫帮我给贵格装上鞍辔。我正要出发，埃德蒙夫人跑来看我到底出什么事了。

“没时间了，埃德蒙夫人！没时间了！”说完我策马离开。

到约翰·常青履家，丹多出来应门，说主人不在家。

“没关系，”我颇有自信，微笑着说道，“今天我不是来找约翰·常青履的。我来看望我的小兄弟，那可爱的小精灵……”我特意用了“精灵”这个词，丹多也没反驳，“……我前几周才将他接到这个世界上来。”丹多说那孩子就在走廊尽头的房间里。

那房间又大又空，有股腐木混合泥灰的味道。墙上满是水渍和老鼠洞。屋子正中间，一把奇形怪状的木头椅子上坐着一个年轻女人。一根铁条横在她面前，她不能站起来。她的脚也被铐起来，用生锈的链子拴着。她怀里抱着的正是约翰·常青履的孩子。

“黛朵？”我叫她。

她笑着回答：“先生，什么事？”我的心一下子沉下来。

“我是永望村新来的教区长，黛朵。”

“哦，先生，很高兴见到您！我真想站起来向您致意，不过您一定会原谅我的，一定会的。这小家伙今早胃口很好！”

她亲了亲那可怕的小东西，还把它叫作天使、小蚂蚁、亲爱的小宝贝。

“黛朵，你是怎么到这儿来的？”

“哦，常青履先生的仆人那天早上把我带走了。他们不是把我安顿得很好吗？”她快乐地笑着，“我一下子被带上山，然后又被放进马车里！我跟他们说根本不用这么费事，”她说着又亲了亲那孩子，“只要这可怜的小宝贝需要，我很愿意喂养他。不过，唯一不好的是我不能照顾自己的孩子，常青履先生说我必须放下自己的孩子，哪怕天使跪下来求他也不行。这真是遗憾，先生，我完全可以照顾两个孩子。”

为了证明这点，她毫不害羞地露出胸部，在我这毫无经验的人看来，应该是非常丰满。

她很想知道谁在照顾她的孩子。我告诉她是安妮·哈格里夫斯。她很满意，而且再三强调安妮的胃口很好。“说实话，先生，我找不到哪个姑娘比她更喜欢吃布丁的了。她的奶水肯定更甜更充足，您觉得呢？”

“唔，肯定的，埃德蒙夫人说小霍雷肖·亚瑟长得很壮实。黛朵，他们在这儿待你怎么样？”

“哦，先生，您怎么会这么问呢？您没看见这镶满珍珠和钻石的黄金椅子吗，还有这立着水晶柱子的房间，这玫瑰红的天鹅绒窗帘？先生，您肯定不相信，因为我自己都不大相信，到了晚上，我睡在铺了六层羽毛垫子的床上，枕着六个丝绸枕头。”

我只能回答这真是太好了，又问她吃喝是否足够。

有焙猪排、李子布丁、烤奶酪、面包和饮料——按黛朵·普蒂菲的说法，无望宅里应有尽有，好东西一眼望不到头；可是我知道，那实际上只是发霉的面包皮，因为她脚边上的破盘子里就放着这东西。

她还坚信人家给她穿的是带钻石纽扣的天蓝色天鹅绒裙衣，她心满意足地笑着问我衣服是否好看。

“你真是漂亮极了，黛朵。”听我这么说，她很高兴。但是我真正看见的不过是她被带走那天的褐色旧衣服，而且又脏又破。她的头发上沾满了仙灵小孩的口水，额头上流的血在她左眼上结了痂。她整个人看起来实在令人心酸，我对她满心怜悯，于是舔舔手指头，替她把眼皮上的血迹擦掉。

我正想问她可不可以离开这把镶满珍珠和钻石的黄金椅子，身后突然传来了开门声。我一转身，看见约翰·常青履进来了。我很希望他问我在这里干什么，但是他完全没理会我，只是弯腰检查椅子和脚镣。和屋里所有的东西一样，椅子和脚镣也很旧了，他当然会觉得不牢靠。检查完了之后，他起身微笑着面对我。

“你愿意留下来和我喝一杯吗？”他问，“我有些很特别的事情要问你。”

我们去了书房。他倒了两杯酒，对我说：“兄弟，我想问问你，在我的英国领地里住的那家子女人叫什么名字？她们在我的花销中算是最重要的，不过我忘了她们的名字。”

“盖瑟柯尔？”我说。

“盖瑟柯尔，没错。”他随即带着似笑非笑的表情沉默了片刻。“七个礼拜前，我成了鳏夫，”他说，“我从未这么长久地没有妻子陪伴，在娶英国女人为妻之前都没有过。不过说实话，我对婚姻早已厌烦透顶了，我希望你能给我一点建议：这些女人中，哪个最适合我呢？”

“啊，”我说，“我保证你绝不会喜欢她们任何一个的！”

他笑着搂着我的肩说：“兄弟，我可不像你说的那么挑剔。”

“说真的，”我说，“我没法给你什么建议。请原谅，确实没法！”

“哦，为什么呢？”

“因为……因为我想娶她们中的某一个！”我大声说。

“恭喜你啊，兄弟。哪一个？”

“什么？”我盯着他问。

“告诉我你准备和哪一个结婚？我另选一个。”

“玛丽安！”我说，“哦不！伊莎贝拉！不过……”这问题太艰难了，我选任何一个都会令其他人处于危险境地。

他大笑，亲热地拍拍我的胳膊。“你如此偏爱英国女子，真不愧是托马斯·仙木的儿子。不过我会更有节制。我只要一个就够了。我会骑马去永望村转上一两天，选中其中一位女子，剩下的四个都留给你。”

那么，伊莎贝拉或者玛丽安或其他任何一个都可能永远住在潦倒污秽的无望宅了！啊，这样还不如不要出生的好！

我盯着镜子看了一个多小时。在剑桥的时候，我很奇怪为什么大家老是反对我的意见，现在我知道了，不是我说的话令人讨厌，而是我这张仙子才有的脸。这张脸有种阴沉的魔力，能把我柔和的人类情感变为暴戾的仙灵恶习。哪怕我内心已然绝望，脸上显出的也只是仙灵的轻蔑。我的懊恼成了仙灵的愤怒，我的忧愁成了仙灵的狡黠。

1811年12月9日

今早10点半，我向伊莎贝拉·盖瑟柯尔求婚。这个甜美温柔的姑娘说，我让她成了世界上最幸福的女人。不过她不太同意对这次求婚保密。

“嗯，”她说，“妈妈和埃德蒙姨妈肯定会极力反对的，但是保密又有什么用？你不了解她们。唉，要是她们知道你的优点就不会反对了。不过她们会同意的。我们得花很长时间同她们争执，请求她们同意，越早让她们知道，我们就能越早如愿以偿。我得做出痛哭流涕的样子，你也得表现得很难过。我还得生点病才行，不过这需要时间，我现在看起来太健康了。”

我这小气刻薄的剑桥学究如何能不为她的迷人风度所感染呢？她说得这样甜蜜，我几乎要完全赞同了。最后我不得不告诉她一点实情。我说，近来我跟附近某位大贵人攀上了亲戚，他对我喜爱有加。我说我很快就将继承一大笔遗产，若果真如此，盖瑟柯尔夫人无疑会高看我一等。

我估计，伊莎贝拉见此情景大概又要说起爱情之类的话。这时我瞥见玛丽安走进餐厅，便赶快跟了过去。

玛丽安反对得更多。一开始，她说她并不想和我结婚。她又说，归根结底，我们两人结婚会是挺好的一对。但是为什么要对订婚一事保密呢？她说这样实在不太光彩。

“随你怎么想吧。”我说，“我本以为你对我的爱足以令你同意我的看法呢。再说了，你想想，秘密婚约可以让我们俩一直说意大利语。”

玛丽安非常喜欢意大利语，因为她的姐妹们谁都不懂。“哦，那很好！”她同意了。

11 点半，简在花园里接受了我的求婚，然后凑近我的耳朵说：“当萌动的花蕾绽放时，他的脸如天空般明朗。”她带着温柔而神秘的微笑看着我，然后握住我的手。

临近中午，我在起居室里遇到了一点麻烦。亨丽埃塔告诉我，她最喜欢秘密婚约了，但是她希望能写信告诉她在阿伯丁的表姐。这位玛丽·麦克唐纳小姐大概是亨丽埃塔最亲密的朋友了，她们经常联系，且两人同龄，都是十五岁半。

最神奇的是，她说，当她遇到我（并立刻爱上我）的那周，她收到玛丽·麦克唐纳的信，信中充满了她对一位苏格兰教会牧师的爱慕之情，就是那位浅棕色头发的约翰·麦肯锡。从玛丽·麦克唐纳的种种细节描述看来，那位牧师几乎和我一样英俊！如此相似，难道不是最离奇的事情吗？她非常急切地想把我俩订婚的消息告诉玛丽·麦克唐纳，这里面多半有点攀比的意思，因为我怀疑她暗地里并不希望玛丽对麦肯锡先生的爱开花结果——像她对我的爱这样。可是我没法阻止她写信，所以只能同意。

下午 3 点，在客厅里，终于轮到基蒂了。可是一开始她根本没听我说话，只是在屋里转来转去，一心想着圣诞节的时候在牲口棚演圣诞剧，好让村里的人大吃一惊。

“你没听我说话呢。”我说，“你没听见我向你求婚吗？”

“听见了，”她说，“我已经说了我愿意。是你没听我说话。你该给圣诞剧提些意见。伊莎贝拉想演最漂亮的角色，直到最后一幕她才被证清白。玛丽安说没有意大利语台词她就不演。简根本就没搞清楚要干什么，她最好是别说话。亨丽埃塔完全听我指挥。还有，哦，我希望演熊！一头可爱的、聪明的、会说话的熊！必须要跳舞，像这样！你可以当水手或者车夫，我们有水手帽和车夫的靴子。西蒙内利先生，请告诉我，什么戏才适合咱们呢？”

1811年12月10日下午2点，无望宅和永望村之间的树林里

我掏出笔、墨水瓶和日记本。

“你在做什么？”黛朵怯生生地问道。

“写日记。”我说。

“现在写？”她惊讶极了。可怜的黛朵！我写日记的时候她一直在哭。很快天就黑了，雪越下越大，雪花落在本子上弄污了字迹。

我时刻监视着村子，到今天早晨终于有效果了。我躲在教堂门廊茂密的常青藤后面，看见伊莎贝拉沿着高石小路走过来，寒风卷着些微雪花刮过村庄，刮落了树上仅剩的几片枯叶。突然，一阵枯叶和雪花的旋风占据了高石小路，随即约翰·常青履出现了，他笑着对伊莎贝拉深鞠一躬。

我原本很确信可以暂时离开她们几个了。约翰·常青履的一举一动都令我害怕，不管是他若有所指的一歪头，还是一个神秘莫测的手势，可我眼下必须到别处去办另一件事，所以只能相信盖瑟柯尔小姐和我的约定强到足以保护她们。

我直接去了无望宅。当我来到走廊尽头的空房间时，黛朵高呼：

“啊，先生，你是来帮我离开这可怕的地方的吗？”

“黛朵，怎么了？”我非常惊讶，“发生什么事了？我以为你很满足呢。”

“之前确实是的，先生，但是后来你舔舔手指碰了碰我的眼睛，我眼前的景象立刻就变了。现在要是我用这边的眼睛看，”她闭上左眼，用右眼看东西，“就看见我穿着金丝的衣服住在华丽的宫殿里，抱着最可爱的婴儿。但是如果我用这边眼睛看，”她闭上右眼，睁开左眼，“我就看见自己被锁在一间又脏又破的屋子里，照顾一个又丑又怪的妖精小孩。但是，”她急忙说（她不让我插嘴），“不管哪边是真的，我在这儿很不舒服，我想立刻回家。”

“真高兴你这么说，黛朵。”我说。我告诫她，不管我说什么做什么，她都不要露出惊讶的样子。接着，我把头伸出大门，呼唤丹多。

他很快就过来，对我鞠了一躬。

“你的主人让我带话。”我说，“我刚才在树林里遇见他和他的新娘。但是那位女士和别的英国女人一样，现在正觉得紧张，她听别人说无望宅是个恐怖的地方。所以我和你主人商量了一下，觉得最好的办法就是带上这个女人……”我指指黛朵，“……她们认识，看到熟悉的人她就能放松了。”

我说完看着他，希望能在他紧绷着的黑脸膛上找出点什么表情。他却一脸茫然地盯着我。

“怎么了？”我问，“你在等什么，笨蛋？照我说的做！把这个保姆的锁链打开，我好把她带去见你家主人！”然后，我学着约翰·常青履发脾气时的模样，把能想到的东西全都拿来威胁了他一遍：揍他，关他禁闭，施魔咒！我发誓要告诉他主人他是如何懒惰。我还说因为他冒犯了我，无视我的权利，所以他必须去清理森林里所有树木的枝子，梳理草地上每一片草叶。

丹多很聪明，但我更胜一筹。他信了我的说辞，又是道歉又是解释，希望我能原谅他。最后他拿来钥匙，打开了黛朵的镣铐。

其他仆人听说主人的英国兄弟带着英国保姆走了，他们的混沌脑子似乎被刺激了一下，都跑出来围着我们。这是我头一回清清楚楚地看见他们。这情形令我十分不快，对黛朵而言就更糟糕了。她事后对我说，她的右眼看见一群夫人和绅士和蔼地看着她，让她觉得自己离开他们是件可鄙的事情，但是她的左眼却看见约翰·常青履的仆人们全都长着妖精的模样。

他们有的长着牛角，有的长着鹿角；有些好像昆虫的脑袋，有些则满是褶皱，好像发霉的橘子。他们有的大嘴一张，露出里面的獠牙；有的嘴往前突，像个喇叭；有的似乎总在傻笑；还有人合不拢嘴，口中滴着唾沫。他们有的长着蝙蝠耳朵，有的长着猫耳朵，还有的长着老鼠胡子。有些貌似年轻的脸上长着衰老的眼睛，而另一些水汪汪的眼睛则长在枯槁的脸上，还有些眼睛长在令人匪夷所思的地方，不停地眨巴着。屋子里到处都是妖精，每块地板上都能看到一双眼睛，所有的栏杆柱子之间都支棱着一只鼻子或者大拱嘴。他们用尖尖的指头戳我们，扯我们的头发，把我们掐得青一块紫一块的。黛朵和我跑出无望宅，翻身上了贵格，策马往冬日森林深处骑去。

雪不断从海绿色的天空中落下。只听见贵格哒哒的马蹄声和挽具摇晃的声音。

刚开始一路很顺利，但很快涌起一阵薄雾，林中的小路改变了方向。我们骑了很长的路，本来早该走出森林了，但是这片森林似乎变得比德比郡加诺丁汉郡还要大，我们还在林子里。不管选择哪条路，我们都会穿过一座白色大门，门外面是一条光滑而干燥的小路——周围的雪那么大，而小路却非常干，黛朵好几次问我为什么不沿这条路走下去。我没回答她。那是世界上再普通不过的一条小路，但是滚烫如烤炉的风从那里吹过，风里混合着烤肉和硫黄的味道。

继续骑下去只会令我们和我们的马筋疲力尽。我对黛朵说得先把贵格拴起来。等我们把马拴好，便顺势爬上树，躲在枝桠里，等着约翰·常青履出现。

当天晚上7点

黛朵说她妈妈常说，红色浆果，比如说花楸果，能抵御仙子的魔法。

“那边树丛里就有一些。”她说。

但是她的眼睛一定还受着魔咒影响，因为我没看见任何红色浆果，只看见一匹枣红色的骏马，那是约翰·常青履的坐骑“冥府”。

随后两个仙子骑着他们的仙马出现在我们面前，雪花在他们周围飞舞。

“啊，兄弟，”约翰·常青履高声说，“你还好吗？我应该和你握手才是，但是你站得太高了。”他的愉快中充满着恶意，好像布丁里塞满李子干，“我今早十分懊恼。那些年轻姑娘好像都已经订婚了，但她们都不肯说是和谁订的婚。这难道不算离奇吗？”

“太离奇了。”我说。

“而且保姆也跑了。”他狠狠盯着黛朵，“从来没有人这么阻挠过我。等我揪出这一切坏事的主谋——兄弟，你觉得我该怎么做？”

“我完全不知道。”我回答。

“我要杀了那人，”他说，“不管我曾经多么爱他。”

那棵树上的常青藤像水一样开始摇晃。一开始我以为是某些小动物想跑开，但是随后我就看见是常青藤自己在动。大片的常青藤像蛇一样缠住我的手脚。

“啊！”黛朵害怕地叫起来，想把它们扯掉。

常青藤不光会动，还不断生长。很快我的腿就被新生的枝条绑在树上；它们一圈一圈地缠住我的胸口，捆住我的右臂。它们想把我的日记本也卷走，但是我很小心，不让它受到半点损害。藤条一直缠到我的脖子，然后不动了，似乎约翰·常青履没想好到底是勒死我呢，还是把我绑在树上冻死。

约翰·常青履转向丹多。“你这个榆木脑子，你聋了吗？你没听我说过他和你我一样擅长说谎？”他一拳打上丹多的耳朵，“你瞎了吗？看看他！你看不出来那颗强壮的仙灵心脏轻易就能谋杀了别人？过来，你这个瞎眼的妖精！我要在你脸上多开几个洞，这样你才能看得更清楚！”

我耐心地等着，直到我那位兄弟不再用鞭子抽丹多的脸，丹多也不再哭嚎。“我不太肯定，”我说，“我会不会轻易杀死别人，但是我现在很想试试。”我用能动的那只手把日记翻到我刚来永望村那天。然后我尽可能地探出身子（因为有常青藤绑着我，这么做反而很容易），在约翰·常青履的头顶上做了个奇怪的手势——就像我之前见到他对那个老头子比画的那样。

我们都像冻僵的树似的一动不动，像灌木丛里的鸟、巢穴里的野兽一样安静。约翰·常青履突然叫起来：“兄弟……”

这是他说的最后一句话。冥府似乎很清楚发生了什么事，他站起来，把主人甩了下去，似乎害怕我的法术会伤害到他。随后是一阵恐怖的撕扯声，树木摇动，鸟雀惊慌地飞向半空。任谁都会以为是世界要被撕裂了，可是被撕裂的只是个无足轻重的仙子。我往下看了看，约翰·常青履被干净利落地分成两半倒在雪地里。

“哈！”我说。

“啊！”黛朵惊呼。

丹多尖叫一声——那声音如果用英文来描述的话，会比现今任何单词的音节都多。他骑上冥府，以非同寻常的速度跑了。

约翰·常青履一死，他施在常青藤上的法力便大为减弱，黛朵和我很容易就把藤条扒开了。我们骑马回到永望村，我把黛朵送回到她父母、她亲爱的丈夫和她嗷嗷待哺的孩子身边。教区居民都来到农舍里赞美我，感谢我，承诺以后会帮助我，等等。我却快要累死了，只是简短地说他们要从这件事中学会勇气和无私的精神，然后我推说头疼回家了。

可是有一件事令我苦恼不已——现在没时间再去检查约翰·常青履的尸体了。因为我突然想到，人类的理性源自大脑，那我们这些仙灵就应该有某种器官控制着魔法。一个仙子一分为二的尸体必然有些特殊之处。我只画了一张简单的速写，做了少许笔记，用以描述仙灵和人类在解剖学上的区别。我决定明天一早再去林子里一趟，仔细检查一下那具尸体。

1811 年 12 月 11 日

尸体不见了。我想应该是丹多神不知鬼不觉地把它给带走了。这真叫人恼火，我本想把它送去贝利先生位于伦敦大风磨街的解剖学校的。我想在走廊尽头空屋子里的那个婴儿会继承整个无望宅和约翰·常青履的其他所有财产，但是没了黛朵的奶水，他长大了也许不会像他父亲那么恶毒了。

我没放弃继承我父亲的财产，我会选择合适的时机宣布此事。我还从未听说过在仙界有大笔财产的人不能当英国圣公会的牧师，事实上这种事之前根本没人提过。

1811 年 12 月 17 日

我被约翰·麦肯锡牧师阴险地出卖了！我对此事十分谨慎，因为作为教区牧师，我还指望得到这个人的支持呢。但是他似乎是要娶苏格兰凯思内斯郡的一位女继承人，她有一座城堡和方圆数百里的广袤荒原。我希望那里遍地沼泽，好让约翰·麦肯锡淹死。我只能遗憾地说，玛丽·麦克唐纳小姐无望的爱情令她非常生气，继而怪到我和亨丽埃塔头上来了。她写信给亨丽埃塔说，我绝不值得信任，她还说要告诉盖瑟柯尔夫人和埃德蒙夫人。可是亨丽埃塔不怕，她甚至还挺期待呢。

“你会保护我的！”她叫着，为这古怪的念头兴奋得两眼发亮、两颊绯红。

“好姑娘，”我说，“我会死的。”

1811年12月20日

乔治·霍林斯克拉夫刚才来过了，叫我等着盖瑟柯尔夫人和埃德蒙夫人，她们马上就到。我最后一次深情地环顾这间屋子……

汤姆·明风，
或日
索尔斯比
仙桥
落成记

十八世纪犹太医生大卫·蒙蒂菲奥里和仙子汤姆·明风之间的友谊有完整的备案可查。除蒙蒂菲奥里本人的日记和家族文件外，无数十八至十九世纪早期的信件、日记及散文流传至今，记录了各方人士与蒙蒂菲奥里和明风的邂逅。这二人似乎往往会在某一个时期内结交当时所有的大人物。他们和博斯韦尔及约翰逊讨论过奴隶制，和狄德罗玩过多米诺骨牌，和理查德·布林斯利·谢里丹开怀畅饮过，这其中最著名的一次当属他们擅闯蒙蒂塞洛庄园，令托马斯·杰斐逊大吃一惊[1]。

尽管这些事迹如此奇妙，但关于这对奇异友人最生动的描述却来自戏剧、小说和歌谣。十九世纪初，“汤姆和大卫”的故事在人间和小仙境都十分有名，但是到了十九世纪后半叶，它们逐渐淡出欧美世界。那时人们喜欢把仙子想象成弱小无助的生灵。

1　可怜的大卫·蒙蒂菲奥里发现自己闯入别人家里，不禁十分惊慌，他不停地道歉，并对托马斯·杰斐逊说，因为他们久闻蒙蒂塞洛庄园风景如画，所以才擅自闯入一看究竟。总统听了这番礼貌的解释本来已经不大生气了。但要命的是，汤姆·明风竟开始吹嘘他自己的花园比托马斯·杰斐逊的花园要好得多。总统一生气，立时把他俩都赶了出去。

亚瑟·柯南·道尔和查尔斯·道奇森* 绝不乐意在自家花园尽头找到招摇自负、身高六尺的汤姆·明风。

以下这个故事最早出现在《布莱克伍德杂志》（爱丁堡：1820 年 9 月）上，并在《西勒诺斯评论》（小仙境：1821 年 4 月）上再版。可以说它具备了十九世纪早期二流作品中常见的种种毛病，若作为文学作品看待，实在不值一提。但是，如果精读此文便会发现，它揭示了这个神秘种族的诸多内幕，其中关于仙子及其后代之间复杂关系的描述尤其具有启发性。

詹姆士·萨瑟兰教授

1999 年 10 月

于阿伯丁大学仙灵研究所

伦敦城的鞋巷有很长一段距离都在绕大弯，但从来没有人考虑它为什么要绕个弯。其实只要抬头看看（然而偏偏没人去看），人们就能看见一座古老的圆形巨塔，很明显巷子是为了给这座塔让路才拐弯的。

这只是环绕汤姆·明风大宅的众多高塔之一。自年轻时起，汤姆就很喜欢四处旅行，见识各种事物；为了旅行方便，他在世界各地都建了塔。第一座塔直达鞋巷；第二座塔占据了苏格兰某湖心小岛的绝大部分；第三座塔俯瞰着阿尔及尔沙漠那哀愁的美景；第四座塔矗

* 《爱丽丝漫游奇境》的作者刘易斯·卡罗尔的真名。

立在小仙境某座城市一条名为“干绿街”的大街上；诸如此类，不胜枚举。汤姆以他特有的炫耀之情把这一系列古怪的建筑命名为“万塔城”，意思是有无数座高塔的城堡。1764 年的时候大卫·蒙蒂菲奥里数了一下，总共是十四座。

1780 年 7 月的一天早晨，大卫·蒙蒂菲奥里来到鞋巷塔。他问门房汤姆在哪儿，门房说老爷在书房。

大卫穿过回音幽幽的昏暗走廊，登上宽大的石阶。他高高兴兴地向周围的人问早安，但人家只是冲他疑惑地点点头，而且还很奇怪似的看着他——不管他来过多少次，这儿的人对他都不大习惯。他说不上英俊潇洒，也不算古怪难看；身形亦是十分寻常。他喜怒不形于色，既看不到咄咄逼人的鄙夷，也显不出恍然自失的迷醉。他只是天生一副好脾气，处处为他人着想而已。万塔城的居民为此感到好奇：为什么有人会愿意在脸上挂着那么一副表情。

汤姆不在书房。屋里只有九位仙灵公主。九张漂亮脸蛋同时转过来盯着大卫。九种不同颜色的丝质长裙令人眼花缭乱。九种不同气味的香水令人头晕目眩。

她们都是汤姆·明风的孙女。珍爱公主、金戈公主、纯白公主、泪眼公主、烈焰公主是一支系；野蜂蜜公主、湖畔哀歌公主、逝去真爱之吻公主、指间青鸟公主是另一支系。

“奥·大卫·本·以色列，”珍爱公主说，“见到你真是太高兴了！”她说着把手递给他。

“您正忙着，殿下，”他答道，“我怕打搅了您。”

“完全没有，”珍爱公主说，“我们在给表亲写信，尽亲戚的义务，如此而已。请坐，奥·大卫·本·以色列。”

“你没说我们是在给表姐妹写信，”野蜂蜜公主说，“你没说清楚。我可不希望犹太医生会以为我们是在给别的什么表亲写信。”

“当然是给我们的表姐妹。”珍爱公主说。

“我们不认识表兄弟们。”烈焰公主对大卫说。

“我们连他们的名字都不知道。”湖畔哀歌公主补充道。

“就算知道，我们也不会追着给他们写信。”纯白公主强调。

“虽然听说他们都很英俊。”泪眼公主说。

“英俊？”珍爱公主反问，“你怎么知道的？我可不知道他们到底英不英俊。我也不想知道。我压根儿不会去想这个问题。”

“哦，对极了，我的好姐姐！”泪眼公主笑起来，“你说的是真的，千真万确！你从来不会考虑别人的问题。”

珍爱公主狠狠瞪了她妹妹一眼。

“你们这是在给哪位表姐妹写信啊？”大卫赶紧问。

“伊格莲……”

“妮妙……”

“伊莲……”

“和摩根娜。”

“都是些丑八怪。”珍爱公主说。

“又不是她们的错。”野蜂蜜公主颇为宽容。

“她们会离开很久吗？”大卫问。

“啊！”烈焰公主惊讶。

“呀！”珍爱公主诧异。

“噢！”野蜂蜜公主不解。

“她们被赶走了。”金戈公主说。

“期限是永远……”湖畔哀歌公主说。

“……零一天。”烈焰公主补充道。

“我们以为这件事尽人皆知了。”纯白公主说。

“祖父把她们赶走了。”逝去真爱之吻公主说。

“她们把祖父惹恼了。”指间青鸟公主说。

“祖父对她们的事情感到非常生气。”湖畔哀歌公主说。

“她们被送到一所房子里。”珍爱公主说。

“不是什么好房子。”纯白公主说。

“是间破房子！”泪眼公主的眼睛很是闪亮，“什么都没有，只有一个男仆！又蠢又脏、手脚难看、关节长毛的男仆！肯定不会对她们怀有任何敬意的男仆！”泪眼公主随即换上一副无所不知的神秘表情，“不过也许会对她们心怀不轨。”

珍爱笑起来。大卫脸红了。

“那座房子在森林里。”指间青鸟公主说。

“不是什么好森林。”金戈公主说。

“是很恶心的森林！”泪眼公主激动地说，“阴暗潮湿，到处都是蜘蛛爬虫的森林，黏糊糊、臭烘烘……”

“你们的祖父为什么把她们送到这么一座森林里？”大卫赶紧打

断她。

“哦，伊格莲结婚了。”珍爱说。

“还是偷偷摸摸地。”湖畔哀歌公主说。

“我们以为这件事尽人皆知了。”逝去真爱之吻公主说。

“她嫁给了一个基督徒。”珍爱公主解释道。

“是她的羽管键琴老师！”金戈公主忍不住咯咯地笑了。

“他弹协奏曲弹得真美。”纯白公主说。

“他还有极好看的……”泪眼公主刚开了个头。

“泪，请你闭嘴！”珍爱公主接嘴道。

“姐姐们，”野蜂蜜公主甜甜地说，“等你们中的哪位被送到阴暗潮湿的森林去了，我们也会写信给你的。”

“其实，在她刚开始每天学羽管键琴的时候，我就有所怀疑。”逝去真爱之吻公主说，“因为在卡特赖特先生来之前，她并不怎么喜欢音乐。后来他们每次上课都关着门，这令我倍觉扫兴，因为我个人很喜欢羽管键琴。所以，你们知道，我只能趴在门缝上偷听，但是整整十五分钟我一个音都没听见，只是偶尔几声不成调的叮当声，感觉好像是他们不小心碰到琴键了。有一天我想进去看看他们在干什么，但是我去拉把手，却发现他们把门反锁了……”

“安静，吻！”湖畔哀歌公主说。

“她名字简称‘吻’，”泪眼公主向大卫解释，“事实上她没和任何人接过吻。”

“但我还是不太明白，”大卫说，“如果说伊格莲公主是不经祖父允许就结了婚的话，这的确很不好。因为在这种重大问题上，孩子们必须征求父母的意见，或者说监护人的意见。但是父母们——或者说像我们现在的情况，祖父母们——是不应该只从经济和社会地位的角度去衡量那位未来新人的，他们应该看重年轻人的品行，还有他们在一起会不会过得幸福。而且，孩子自己爱谁才是最为重要的……”

大卫滔滔不绝地从各个角度十分深刻地阐述了父母与子女二者之间的责任，与此同时，野蜂蜜公主带着一脸不信任和不喜欢的神情看着他，珍爱公主大声打哈欠，泪眼公主比画着无聊以至于晕厥的动作。

“……但是就算伊格莲公主为此惹怒了她祖父，”大卫不解地问，“为什么她的姐妹也要跟着受罚？”

“当然是因为她们没有阻止她。”纯白公主解释。

“因为她们没告诉祖父伊格莲在干什么。”湖畔哀歌公主说。

“我们以为这事已经尽人皆知了呢。”指间青鸟公主说。

“那个羽管键琴教师后来怎么样了呢？”大卫问。

泪眼公主睁大了她那双紫罗兰色的明眸，带着一脸急切的神情俯下身，但是就在这时，走廊上传来说话声。

“……我打下第三只乌鸦，在给它剥皮的时候发现，它的心脏居然是整粒的钻石，真被那老妇人说中了！所以，你看，这个下午也不算是白费。”

汤姆·明风有个坏习惯，他老是还没进屋就开始说个不停，结果听他说话的人只能听个结尾。

“什么？”大卫问。

“不算是白费。”汤姆重复了一次。

汤姆身长六尺，而且他的相貌即使对于仙灵王族而言，也是极为英俊的（各位务必知道，在仙灵社会中，贵族都会令自己比普通仙子更漂亮，他们将此举视为义务）。他非常健康，皮肤几乎像蛋白石一样微微发光，叫人不敢直视。最近他不戴假发了，露出他本身的头发，又长又直，呈鲜亮的栗色。他的眼睛是蓝色的，整个人看起来三十岁上下（三四千年以来，他一直都“看起来三十岁上下”）。他环顾四周，挑起形状完美的眉毛，刻薄地说：“橡树和梣树呀，屋里怎么这么多女人！”

伴着一阵丝绸裙衣的窸窸窣窣声、开门关门的咔嚓声和突然淡去的香水味，转眼间所有的公主都消失了。

“你到哪儿去了？”汤姆拣把椅子坐下，拿起报纸，“我昨天就在等你。你没收到我的信吗？”

“昨天我没法来，我看病人去了。今天上午我也不能待太久，我得去看看蒙克顿先生。”

蒙克顿先生家住林肯，是一位富有的老绅士。他给大卫写信说他左半身疼得蹊跷，大卫在回信中提出了一些治疗和用药的意见。

“倒不是说他有多信任我，”大卫开心地说，“他也咨询了一位爱丁堡的医生和一位都柏林的方士。林肯一位药剂师也拜访了他。我们几个的法子相互抵牾，不过没关系，反正他谁也不信。现在他写信说他要死了，就把我们都召集去。苏格兰医生、爱尔兰方士、英格兰药剂师，还有我！我对这次见面相当期待！和同行见面交流是最有趣、最有益不过的事情了。你不觉得吗？”

汤姆不置可否。[2]“那老头儿真的病了吗？”他问。

“我不知道。我从没见过他。”

汤姆接着看报纸，然后又有些恼火地放下，皱着眉头说：“我觉得我得跟你一起去。”他等着大卫对这个决定表示高兴。

大卫想的却是：这是怎么了，汤姆觉得去林肯很好玩吗？医学方面的冗长对话他肯定没兴趣，那边只有满腹牢骚的年迈患者、满是霉味的空气和死寂的病房。大卫准备表述一下这方面的意思，不过他忽然想到，实际上汤姆去林肯也不是什么坏事。大卫是威尼斯一位著名拉比的儿子。从青年时起，他就习惯于和那些严肃的犹太长者辩论怎样才能做到品端行正。这样的对话造就了他现在的性格，他很自然地认为小小的辩论对他人亦能有所裨益。因此他得出结论，要是谈话够长且表达正确，就一定会令听话人快乐、向善。出于这种考虑，他常常一周和汤姆·明风吵上好几次，但是收效甚微。眼下，在羽管键琴教师的新娘及其姐妹这个问题上，他正好有很多话要说，而骑马北上的路途又十分遥远，这正是谈话的好机会。

随后马也备好了，大卫和汤姆上马出发。他们没走出多远，大卫就说开了。

“谁？”汤姆心不在焉地问。

2　仙灵王公之间从不主动往来。不过在某些非常偶然的情况下他们还是会相遇，这时候其中一个就会突然离奇死去，其死状非常痛苦。

“伊格莲、妮妙、伊莲和摩根娜四位公主。”

“哦对，我让她们去悯我公国边境那片森林里住着……你们把那地方叫什么来着？呃，我忘了，反正就是那儿。”

“但那可是永久流放！”大卫不无担心地大声说，“那些可怜的女孩们，你怎么忍心让她们受那种苦？”

“如你所见，我非常忍心。”汤姆回答，“不过谢谢你关心。说实话，一切减少家里女人数量的办法都是好的。大卫，我跟你说，那些丫头们废话太多了。当然我话也不少，但是我做得更多。我整理书房；我经营着三个剧院、两个管弦乐队和一所大学；在大仙境我也有无数兴趣爱好；在我统治的所有地方都有总管、法官和学监，他们所有人都会考虑我的兴趣；我还参与了……”汤姆扳着修长白皙的手指头数道，“……大仙境内的十三场战争。最离奇的一次是我和石像怪结盟之后，又和他的死对头阿普里尼夫人结盟，然后同时对他们发起进攻……”汤姆说到这儿顿了顿，冲着马耳朵皱皱眉，“那感觉就像是在和自己打仗。我为什么要那么做呢？”他仿佛认真思考了片刻，但是没得出任何结论，于是摇摇头接着说：“我刚才说什么来着？哦，对了！我自然有很多话题可说。但是那些小丫头什么也不干。一丁点事情都不干！绣绣花、上上音乐课什么的。哦，还看英国小说！大卫，你看过英国小说没有？没有就别去自找麻烦了。那就是通篇废话，全是在讲名字好听的女孩们怎么结了婚。”

“这正是我想说的，”大卫说，“你的孩子们没有合适的职业，他们自然会干出一些傻事来。你觉得呢？”

大卫常常就家长的职责问题对汤姆进行说教，这令汤姆厌烦不已，因为他觉得自己称得上仙族家长中的楷模。他给儿孙们提供了非常富裕的生活，只在极个别情况下才杀死某个子嗣。[3]

“年轻姑娘们在结婚之前都应该老老实实待在家里，”汤姆说，“不然你还能怎么办？”

“我承认对于如何纠正人类姑娘们的举止，我是束手无策。不过她们从学校毕业到结婚也就几年时间，而仙族的姑娘们却要经历好几百年。你就没办法管好女性亲属吗？难道事事都要模仿人类？咳，看你的穿戴就跟你真的信基督一样！”

“你还不是一样。”汤姆反击。

“你把你仙子才有的长眉毛也修整了。”

“那我至少还有眉毛。”汤姆反驳道，“犹太人，你的胡子呢？摩西戴过灰色假发吗？”他轻蔑地瞥了一眼大卫那顶打着整齐小卷的假发，“肯定不戴。”

“你甚至不说你们自己的语言！”大卫正了正他的假发。

“你也不说。”汤姆回应。

3　仙子们对儿童的喜爱较基督徒或犹太人有过之而无不及，常常会不假思索地把漂亮的人类小孩偷来当作自己的孩子。

但是，和其他很多事情一样，仙子们往往对自己的行为及其后果欠缺考虑。他们自己生孩子，也偷人类的小孩，等到二十多年后，他们会突然发现家里多了很多青年男女。于是如何养育他们就成了大问题。和人类的后代不同，仙子的后代们不能指望继承父辈的财产、权力、名望，因为他们的父辈实在是太长寿了，简直就是长生不老。

这个问题始终无法得到圆满解决，因此往往有很多年轻的仙子背叛他们的父母。汤姆·明风就曾卷入长达七个世纪的血腥战争之中，而敌人则是他的长子利亚罗伯兰王子。

大卫立刻回答，犹太人和仙子不同，犹太人以传统为荣，他们在祈祷和各种仪式上说希伯来语。“还是回到你女儿孙女的话题上来吧，你们在墣落的时候都干些什么？”

这话十分无礼。“墣落”这个词令汤姆十分恼火。日常穿着洁白亚麻衬衣配深蓝外套、指甲修剪得整齐精致、头发油亮得如同抛光桃花心木的人，简言之就是品位高雅修养良好的绅士，绝对不喜欢有人提起他生命中头两三千年曾在阴暗潮湿的山洞里度过，而且还穿着（还是在他终于愿意穿衣服的时候）粗羊毛短袍和烂兔子皮。[4]

“在墣落的时候，”汤姆非常尖刻地咬着字眼，以表示懂礼貌的人都不提这个话题，“这些问题都还没有出现。小孩们在完全不知道自己父辈的情况下出生成长。我根本不记得我父亲是什么人，而且对这个问题也一向不感兴趣。”

两点钟的时候，汤姆和大卫到了诺丁汉郡，[5]这地方曾因绿树成荫而闻名。当然，这座森林肯定不如原先那么茂密，但是依然有相当

4　千百年以来，墣落一直是仙子的居所，也是民间传说里仙宫的原型。近几个世纪，人类作家似乎越发倾向于美化墣落，它被描述为“位于群山深处，由黄金和水晶建造的仙宫”（怀尔德夫人：《爱尔兰古代传说、符咒和迷信》，伦敦：沃德-唐尼出版社，1887），也有研究仙灵历史的学者说它“位于绿树掩映的陡峭山崖上，呈规整的圆形……一池湖水，上方是水晶穹顶，倒映着天光云影”（西尔维亚·汤森·华纳：《精灵王国》，伦敦：查托-温德斯出版社，1977）。

实际上，墣落只是仙子们在山里挖的单个或连串大地洞，很像兔子或者鼹鼠的洞。对浪漫的作家和儿童们来说，这种地洞都很糟糕，里面又脏又潮，洞底连沙子也不铺。

仙子们适应能力都很强，潮湿、阴暗、空气混浊他们都能忍受，但是他们偷来的人类儿童却往往因窒息而死。

5　十八世纪晚期，从伦敦到诺丁汉一般要花两三天。但汤姆和大卫只用了几个小时，这说明有一个强大的仙灵贵族作为旅伴着实方便。

数量的古树——汤姆决定向其中那些他认为重要的朋友致以敬意，同时也对那些举止欠妥的表示轻蔑。[6] 汤姆招呼朋友的时间太长了，大卫渐渐开始挂念起蒙克顿先生来。

“可是你说他其实没病。”汤姆说。

“我根本没这么说！而且，不管他有病没病，我的职责就是尽快去给他看看。”

“很好，很好！你真是暴躁啊！”汤姆说，“你要去哪里？路在那边。”

“可我们是从另一边来的。”

“不，我们走的是这边。呃，好像是，我不清楚。不过两条路最后是要会合的，所以哪边都无所谓。”

---

6 近八百年来出生的年轻仙子大都受过人类教育，精于世故，并与人类一道生活，因此在区别生命和非生命方面和人类并无二致。但是对汤姆这种老派仙子而言，两者实则殊难分辨。

一些魔法理论家和评论家注意到，认为石头、门洞、树木、火焰、云雾等事物具有生命的仙子，往往比年轻仙子更擅长魔法，法力也更强大。

以下故事足以表明，在某些环境下，仙子们会对普通物品产生非同寻常的敬畏。1697年，曾有人试图谋杀白塔长老，一位仙境小国的领主。这场未遂谋杀的凶手是个名叫波洛克的仙子（他脸上长着黑白条纹的皮毛）。波洛克对人类新近发明的杀人武器非常感兴趣。于是他放弃了一切用魔法杀害白塔长老的机会（成功的几率并不是没有），转而买了一支枪和几发子弹（成功几率为零）。可怜的波洛克便这样去了，随后被白塔长老抓住，关进地底深处不见天日的石屋里。这位长老把那支枪关在石屋的隔壁，再隔壁的屋里关着子弹。波洛克在二十世纪初终于死了（整整三百年不吃不喝不见阳光，仙子也会变得非常虚弱）。但是枪和子弹却还在原处，长老认为它们要为自己的罪行继续受罚。另外也有几个仙子想杀了白塔长老，他们制订了周密的计划，打算把那支枪和子弹偷到手，因为这两样东西在长老的敌人眼中有着非常重大的意义。众所周知，对仙子们来说，金属、石头、木头都有着强硬的性格；枪和子弹自 1697 年起就被安排用来杀害白塔长老，所以仙子们坚信，今后的几百年它们也不会动摇。在长老的敌人们看来，总有一天，那枪和子弹会达成自己的目的。

汤姆指的路很快变成狭窄难走的羊肠小道，通到一条大河边。一座又小又破的镇子坐落在河对岸。路在对岸又重新出现了，而且越往前就变得越宽，好像是它离开那座小镇，满怀信心地前往更快乐的地方去了。

“真奇怪啊，”汤姆说，“桥呢？”

“好像没有桥。”

“那我们怎么过河？”

“有渡船。”大卫回答。

一根长铁索一头拴在河这边的石柱上，另一头拴在河对岸的石柱上。在河对岸停着一艘古旧的平底船，两根铁链把它固定在铁索上。一个年迈的船夫沿着铁索把船摆渡到河的这边。汤姆和大卫牵马上船，老船夫又把船划回另一边。

大卫问船夫那座镇子叫什么名字。

“索尔斯比，先生。”船夫回答。

索尔斯比地方不大，也就几条小街，房屋凋敝，有着脏兮兮的窗户和残破的屋顶。一架老式手推车被丢在一条貌似主街的路上。镇上有个小广场，还有自由市场之类的地方，可是里头都长满了刺丛和杂草，仿佛是告诉外人这地方多年没有过真正的集市了。镇上只有一处看起来仿佛是绅士的居所：一座高大古老的房子，由灰色的石灰岩建成，其上有重重高耸的山墙和许许多多的烟囱。这房子固然陈腐不堪，但也有种叫人肃然起敬的模样。

索尔斯比唯一的旅店叫作“命运之轮”。招牌上画着很多人被绑在一个大轮子上，由命运女神来转动，那女神被画成一个肤色红润的女子，一丝不挂，只是蒙着眼睛。为了配合小镇的颓败气质，画家特意省略了那些惯常代表好运的形象，只着力表现那些被绑在命运女神轮子上的人，他们要么被碾成碎片，要么被咒骂着死去。

看到这幅光景，犹太人和仙子都赶紧策马前进。他们正要上大路的时候，大卫听见有人喊："先生们！先生们！"随后是一阵急急忙忙的脚步声。于是他停下来看是怎么回事。

一个人匆匆跑过来。

这人长得非常古怪。他的眼睛很小，而且几乎全然无色。他的鼻子就像一团面包球，圆圆的耳朵呈粉红色，放在婴儿头上或许很可爱，但是绝对不适合他。最奇特的是他的眼睛和鼻子都挤在脸的上方，仿佛是因为和嘴巴吵了架，被后者独自霸占了下半张脸。他穿得非常破旧，头上覆着一层薄薄的发茬。

"你们没交过路费，先生们！"他喊道。

"什么过路费？"大卫问。

"什么？！就是渡船的钱！过河的钱！"

"哦对。不过，我们付过钱了，"大卫说，"我们把钱付给了摆渡的人。"

那个怪模样的人笑了。"不对，先生！"他说，"你付的是小费，摆渡人的小费！但是过路费是另一回事。每个过了河的人都要付过路费。钱交给温斯坦利先生，我负责征收。一人一马六便士，两人两马就是十二便士。"

“你的意思是说，”大卫有些惊诧，“每个人只要路过这个晦气地方就要付两次钱？”

“根本没有过路费，大卫，”汤姆心不在焉地说，“这个坏蛋只是想让我们给他十二便士。”

那个怪模样的人仍然微笑，不过他的眼神着实恶毒。“这位先生只要愿意完全可以侮辱我，”他说，“骂人是免费的。但是请允许我告诉二位，我不是坏蛋。我是律师。哼，是的！远到索斯维尔的人都会跑来咨询我这个律师。不过我的主要工作是打理温斯坦利先生的田产事务。先生，我的名字是普利·维茨！”

“律师？”大卫说，“哦，请原谅！”

“大卫，”汤姆喝道，“你见过哪个律师像他这样？瞧瞧他！他那双鞋都快散架了，只有无赖才穿！他那件外套上全是洞，只有叫花子才稀罕！而且他不戴假发！他肯定是个混混！”他说着从马背上俯身下来，“你可以走了，痞子。再见！”

“这些是我的破衣服，”普利·维茨冷冷地说，“我的假发和好衣服在家，彼得·道金斯来跟我说有两位先生坐渡船过了河，没付钱就想离开索尔斯比，我来不及换衣服就出来了。再说一句，先生们，过路费十二便士，你们付了钱我就走。”

一个地道的犹太人必定会马上付清欠款，而不理论是何时欠下的；一个绅士也绝不会在此类事务上过多纠缠——大卫认为他同时具有这双重身份，因此他急于支付普利·维茨十二便士。仙子对此却另有看法。汤姆决心不付钱。他情愿长年被此人折磨也不愿付钱。

普利·维茨看着争吵不休的两人，最后他建议道："既然这样，先生们，我想你们可以和温斯坦利先生谈谈。"

他带领两人来到先前所见的那座石灰岩宅邸里。宅子四周环绕着高高的石墙，还有一座石头小院。院里只有两个小石狮子，雕刻得非常粗糙，它们眼睛很圆，似乎满是惊讶，满嘴都是三角形的牙齿，而鬃毛看起来好像一堆树叶。

一个漂亮的女仆出来开门。她扫了一眼普利·维茨和大卫·蒙蒂菲奥里，这二人完全没引起她的兴趣，随后她看见了汤姆·明风，这家伙正在看石狮子。

"早安，露西！"普利·维茨说，"你家主人在吗？"

"不然还能在哪儿？"露西仍然盯着汤姆。

"这两位先生不肯付过路费，所以我让他们来和温斯坦利先生协商。去告诉他我们到了。快去呀，露西。我家里还有事呢。今天我们要杀那头花猪。"

尽管普利·维茨这样催促，露西还是没有马上去报告她的主人。过了好一阵子，大卫才听见从头顶上的一扇窗户里传来某人低声询问的声音，随后是露西的大声回应："是位英俊的绅士！啊，夫人，他肯定是你这辈子见过的最英俊的人！"

"怎么了？"汤姆终于把那对石狮子检查完了。

"那个女仆正在跟她的女主人说你的事。"大卫回答。

"哦。"汤姆应了一声又走神了。

窗户边闪过一个人影。

“嗯，是的，”又是露西的声音，“维茨先生和另外一个人跟他在一起。”

露西再次出来，请汤姆、大卫和普利·维茨进屋去。他们穿过一连串空荡荡的屋子和走廊，最后来到最里面的房间。和那些空屋子相比，这间屋子显得怪模怪样，屋里陈设着十分舒适的家具，铺着鲜红的地毯，还有银镜和蓝白花瓷器；但它依然显得阴沉。墙板是深色的木材，窗帘低垂在两扇高高的窗户上，屋里有些昏暗。墙上挂着巨大的雕版画，但是这丝毫没有使房间显得明快，反倒更添阴翳。屋里也有不少名人肖像，他们看起来都不大高兴，好像是正在气头上的时候被画了像。大卫从没见过这么多横眉竖眼的肖像。

房间的尽头，有位先生躺在沙发上，周围堆满了垫子。他身穿绿白二色印花细棉布晨衣，脚上套着土耳其式拖鞋。坐在旁边椅子上的女士看样子应该是温斯坦利夫人。

鉴于根本没人引荐，汤姆和大卫只好自我介绍（堪称最尴尬的经历）。大卫对温斯坦利夫妇说了他的职业，而汤姆呢，光凭自报姓名的派头就能让人知道他是个了不起的大人物了。

温斯坦利先生非常礼貌地接待了他们，并欢迎他们到访（他把自家宅邸称为“米克尔格雷夫大宅”）。不过奇怪的是，他不但没从沙发上起身，而且连腿脚都没动一下。他声音柔和、笑容可掬、模样和蔼，不过脸色却十分苍白，看起来就像是从未出过门的人。

温斯坦利夫人（她起身鞠躬）身穿一件简单的深紫色丝质裙衣，除了白色蕾丝镶边外全无装饰。她黑发黑眼，稍一微笑就显得楚楚动人。

普利·维茨把汤姆·明风不肯付过路费的事说了一遍。

“啊，不能这样，维茨！不能这样！”温斯坦利先生立即惊呼，“这两位先生不需要付过路费！他们高贵的谈吐毫无疑问抵得上一切费用。”他又对汤姆和大卫说：“先生们，我极少出门，个中原因且听我随后道来。实际上，我很少离开这间屋子，我的日常生活完全被一些没受过教育的下等人包围着，就像维茨这种。我简直无法描述见到二位的愉快心情！”大卫皮肤微黑，脸庞与一般英国人不尽相同，这令他颇感兴趣。“我想，蒙蒂菲奥里应该是个意大利姓氏。先生，您是意大利人吗？”

“我父亲生于威尼斯，”大卫说，“但不幸的是，那座城市对犹太人很不友好。我们现在定居伦敦，希望能融入英国生活。”

温斯坦利先生微微点头，毕竟没有比想当英国人更正常的事情了。“衷心欢迎您，先生。我很高兴地告诉您，对于信仰不同宗教的人我全无任何偏见。”

温斯坦利夫人弯下腰，凑近她丈夫耳边说了几句话。

“不，”温斯坦利先生轻声说，“今天我不换衣服。”

“先生，您病了吗？”大卫问，“是否需要我……”

温斯坦利先生笑起来，仿佛大卫说了什么笑话。“不，不，医生，您没这么容易挣到医药费！就凭您这么说说，我并不会无端觉得身体不适。”他微笑着转向汤姆·明风，“外国人从来都不能理解世界上有比钱更重要的东西。他不知道还有可以休息的时间。”

“我不是说……”大卫很窘迫。

温斯坦利先生笑着挥挥手，似乎不管大卫想说什么都无所谓。“您没有冒犯我。我很理解您，大夫。”说完他又靠在垫子上，“先生们，我是本该做大事的人。我有能力成功。但是现实却难遂我愿；看这镇上的情况，我连最小的抱负都实现不了。你们已经看到索尔斯比了。我敢说你们肯定被吓了一跳：它是如此破败，镇上的人也是如此的闲散。看看维茨！在别的地方，律师是受人尊敬的人物。其他地方的律师不会自己杀猪；其他地方的律师都穿天鹅绒外套，衬衣也不会沾上肉汤。”

“的确如此。”汤姆远远望着那位律师。

大卫很讨厌雇主对仆人们态度恶劣，他转头看着维茨，看他对此做何反应。但是维茨只是微笑着而已，要不是他眼神恶毒，大卫几乎认定他是个十分天真的人。

“但是，”温斯坦利先生继续说，“我也不愿让你们认为维茨整天邋里邋遢懒懒散散就该受责备。维茨的命运是被索尔斯比的大环境给毁了。造成这一切的原因是什么呢？唉，只是没有桥！”

普利·维茨用胳膊肘碰了碰温斯坦利先生。“跟他们说说恺撒大帝。”

“啊！”温斯坦利夫人看起来似乎很警觉，“我想这两位先生可能不想听恺撒大帝的事。他们在学校里已经听得够多了。”

“正相反，夫人，”汤姆温和地反对道，“那些伟大的古代英雄的故事永远不会让我感到厌倦。请接着讲吧，先生。”[7]汤姆重新坐下，用手撑着头，注视着温斯坦利夫人优雅的身段和美丽的面庞。

“你们应该知道，先生们，”温斯坦利先生说，“我查阅了小镇的历史，我们的麻烦似乎始于罗马时代。在寒舍，恺撒大帝就是罗马人的代表，他的画像挂在门口的风信子花瓶旁边。我想二位都知道，罗马人在英格兰土地上修建了平坦笔直的道路。其中一条路离索尔斯比很近。事实上，要是罗马人接受他们自己那种勉为其难的笔直原则的话，那条路就该经索尔斯比跨过那条河。不过到了河边他们居然放弃了。他们一定是遇到了难题，我想也许是这片地区沼泽太多，所以他们偏离原定路线，从纽瓦克过了河。他们在纽瓦克修建了寺庙、集市，还有很多我不知道的东西，而索尔斯比仍然是一片沼泽。这只是个开始，此后人们还对索尔斯比干了很多不道德的事。”

“安妮·鲁特莱尔夫人。”普利·维茨提醒道。

“噢，温斯坦利先生，”做妻子的勉强微笑着说，“我可不同意了。是的，我必须提醒你，明风先生和蒙蒂菲奥里先生根本不想和安妮夫人扯上关系。我想他们对历史完全不感兴趣。”

“啊，不，夫人，”汤姆说，“历史是很离奇的。后人只记得君主们无聊的演讲，却忘了他们在战场上的表现；内阁里满是头发灰白、大腹便便的老头，个个看起来都一样，谁会关心这些人？但是，如果说真正的历史、真实的历史，我是说用激扬的言辞描述古代英

7　汤姆·明风并不是唯一一个狂热崇拜恺撒大帝的仙子。事实上，有很多仙子都自称是恺撒的后代，甚至有中世纪的基督教传说宣称奥伯龙（虚构的仙王）是恺撒大帝的儿子。

雄，却没有比这更激动人心的了！”

“安妮·鲁特莱尔夫人，”温斯坦利先生压根儿没理睬他们，径自说道，“是一位住在奥辛顿的有钱寡妇。”（温斯坦利夫人低头盯着自己的手。）“她的肖像就挂在那个小书桌和座钟之间。据传她打算拿出一大笔善款在此地修桥。既然她允诺了修桥，所以应她的诺言，索尔斯比镇就此建立。但是在最后关头，她改变主意，修了一座诵经堂。蒙蒂菲奥里先生，我想您一定不知道那是什么。诵经堂就是一座小礼拜堂，教士们在里头主持仪式，为死者超度。尽管很丢脸，我还是得承认，这是我们祖先干下的迷信之事。”

“伊丽莎白女王。”普利·维茨冲着大卫和汤姆挤挤眼睛。很明显他逮着了机会为刚才所受的侮辱报复温斯坦利先生。要没有维茨煽风点火，温斯坦利先生可能也不会说这么多傻话。

“没错，维茨，还有伊丽莎白女王。”温斯坦利先生愉快地说。

“伊丽莎白女王！”温斯坦利夫人惊呼起来，“哎呀，她是最不讲理的人了！你非要说女王的话，不妨说说其他几位吧。玛蒂尔达？安妮？”

汤姆尽可能地凑近温斯坦利夫人，仿佛他有很多关于玛蒂尔达王后和安妮女王的意见想要跟温斯坦利夫人交流似的，但是他还没开口，温斯坦利先生就说：“明风先生，伊丽莎白女王的画像就在窗户和穿衣镜之间。在伊丽莎白时代，索尔斯比的人靠做扑克牌为生。但是女王却把做扑克牌的专利权授予了一个年轻人。他写了一首诗赞颂女王的美貌。我估计，她那时已经六十五岁了。因为这事，全英国除了那个年轻人以外谁也不能做扑克。他成了有钱人，而索尔斯比的人却一贫如洗。”

温斯坦利先生接着讲了很多历史小故事，不是准备在索尔斯比修桥却又没修成，就是有人在其他方面损害了索尔斯比的利益。他妻子竭力掩饰他的愚蠢，同时也竭力想把自己介绍给新来的客人，但是他根本不理她。

他尤其蔑视奥利弗·克伦威尔。这位大人的肖像高挂在壁炉上方。奥利弗·克伦威尔本来预定要在索尔斯比展开一场重大战役，但是最终没有开战，使得索尔斯比空欢喜一场，没能迎接到两支跃跃欲试的军队。

“很明显，”大卫终于说，“最好的办法就是你自己修一座桥。”

“啊，”温斯坦利先生说，“你当然会这么想，不是吗？我曾经和两位先生谈过，他们常常借钱给别人作为投资。就是伦敦的布莱克维尔先生和巴斯的克拉姆菲尔德先生。我和维茨向他们描述了修桥所能带来的收益，保证他们定能大赚一笔。但是他们都拒绝借钱给我。”温斯坦利先生看了看墙上的空白处，好像是在盘算着怎么把布莱克维尔先生和克拉姆菲尔德先生的肖像也加入他的“失败者博物馆”。

“但那是很大一笔钱啊，”温斯坦利夫人说，“你不用跟明风先生和蒙蒂菲奥里先生说具体数目。我有生以来都没听说过那么大一笔钱。”

“修桥确实很贵。”大卫表示同意。

温斯坦利夫人估摸着修桥这个话题总算该说完了，于是和大卫交谈了几句。他在哪里学的医？他看过多少病人？他是否也收治女病人？很快，话题就从医学领域转向家庭领域，他说起他的妻子和四个孩子。

“您也结婚了吗，先生？”温斯坦利夫人问汤姆。

“哦，还没有，夫人。”汤姆回答。

“你结婚了，”大卫提醒他，“你结婚了，你知道的。”

汤姆摆摆手，表示这个问题视不同场合而定。

实际情况是，他有一个人类妻子。十五岁的时候，她有一张调皮的小脸，圆溜溜的眼睛和难以捉摸的性格；汤姆总把她比作小猫。二十岁时，她成了一只天鹅；三十岁时，她是狐狸；接着很快就成了母狗，然后是蛇，再然后是鸡蛇兽，最后是猪。现在没人知道他把她比作什么动物。她已经九十多岁了，其间四十多年都被关在万塔城一个遥远的公寓里。她被严加看管，不能现身，而她的丈夫则很不耐烦地等着有人来报告她的死讯。

汤姆出于礼貌和温斯坦利夫妇交谈了半个小时左右，大卫则急于见到林肯的蒙克顿先生。但是温斯坦利先生不愿让两位新朋友离开，他反复表示他们应该在此停留一两个礼拜。只有温斯坦利夫人很理智地向他们道别。

但是他们没能立即离开。去牵马的时候他们耽误了一会儿，正好露西到院子里，很紧张地看了看他俩：“先生，温斯坦利夫人想单独和您谈谈。”

“哈哈！”汤姆似乎早有预料。

“不，先生，不是您！”露西行了一礼表示歉意，“是这位犹太医生。”

温斯坦利夫人在卧室等着。房间非常大，家具却很少，只有一把椅子、一个柜子，外加一张四柱大床，帷柱上挂着绿色的锦帐。温斯坦利夫人站在床边，姿势僵硬，神情紧张，两手握得紧紧的——一切迹象都表明她非常忐忑。

她首先为打搅他表示歉意。

“完全不麻烦，”大卫说，“一点也不麻烦。您是想问我什么事吗？”

她看着地上。“温斯坦利先生和我已经结婚四年了，但是我们还没有孩子。”

“哦，”他想了想，“你们是否有一方对夫妻之事感到厌恶？”

“没有，”温斯坦利夫人叹气道，“至少他还没逃避做丈夫的这点责任。”

一切有关不孕不育症的常规问题大卫都问过了，温斯坦利夫人也都一一坦率地作答。

“就目前的情况看来，似乎没有任何问题。”大卫对她说，“您不会生不出健康的宝宝的。保持健康，温斯坦利夫人。我只能给您这个建议。保持乐观，也许……”

“唉，但是我曾希望……”她犹豫了一下，“作为外国的先生，您也许能理解，我希望您有一些有别于英国医生的办法。您提出任何建议我都不会畏惧。为了孩子我能忍受任何痛苦。我一直都这样想。露西认为我应该吃一点奇形怪状的红萝卜和防风草根，而且最好能说服温斯坦利先生一起吃。”

“为什么？”

“因为它们看起来像人形。”

“啊！哦，当然，我明白。嗯，总之它们也没什么害处。”

大卫以友人般的关爱向温斯坦利夫人道别。他亲切地同她握手，真诚地祝她早日梦想成真。没人比她更应该梦想成真了。

汤姆已经骑上马。大卫的马就在旁边。“怎样？”汤姆问，“她说什么了？”

“她需要个孩子。”大卫说。

“什么？”

“这事令她备受折磨，以至于愁眉不展。”

“小孩子是很烦人的。”汤姆马上扯到了自己身上。

“对你来说也许是很烦，但是人类女性却不这么认为。孩子们是我们的后代。再说，所有的女性，不管是仙子、基督徒还是犹太人，都希望有一个具体的对象让她关爱。我不认为她能爱上她丈夫。”

大卫边说边跨上马，他每次上马总要费点周折。等他终于坐好，却惊讶地发现汤姆不见了。

“他去哪儿了呢？”他心想，“哼，要是他觉得我会等他的话，那可就大错特错了！我跟他说过很多次了，我要去林肯。”

大卫径直往林肯的方向去了，但是他还没出镇子就听见身后有什么动静。他回头张望，希望是汤姆跟上来了。

可惜那是普利·维茨，他也骑着马。就身材瘦削、面色苍白、相貌丑陋等方面而言，那匹马和他本人倒十分相似。“蒙蒂菲奥里先生，”他说，“温斯坦利先生热切希望您和明风先生能参观他的田产，他指派我做二位的向导。我已经和明风先生说过了，但是他说他在索尔斯比还有别的事，无暇他顾。他说请您去也一样。”

“哦，他是这么说的吗？”大卫问。

普利·维茨满怀自信地微笑着。“温斯坦利先生说您二位也许能为他修一座桥！”

“他怎么会这么想？”

“走吧，走吧！你们以为我们索尔斯比人都是傻瓜吗？一个英国大老爷和一个犹太人一起旅行！世界上最有钱的两个家伙！如果不是找机会赚大钱还能是干什么呢？”

“那恐怕要让你们失望了。他不是什么英国大老爷，我也不是你想要的那种犹太人。我不是像你说的那样在旅行。我只是去林肯而已。”

“随您怎么说。但是正巧温斯坦利先生的田产在林肯公路的两侧。您往那边去的话就肯定会看到。”他笑了笑，接着说，“我和您一起去，好给您介绍那边的名胜。”

在温斯坦利先生的田里，杂草长得和麦子一样茂盛。几个瘦骨嶙峋、愁容满面的大人和小孩正在驱赶鸟雀。

“可怜的人！”大卫心想，“他们确实在为别人的不道德行为受苦。我真希望能说服汤姆去修座桥！但是这怎么可能？我甚至不能说服他爱自己的孩子。”

大卫沉浸在忧愁中，普利·维茨则忙着介绍温斯坦利先生的田产（全部亩产极高），还说要是温斯坦利先生愿意排涝或施肥的话，亩产定会增加两三倍。

又走了一段，普利·维茨指着几座植被茂盛的山丘说，那山脚下存有极厚的黏土。他说温斯坦利先生决定在此建立工厂，生产各种陶器，前提是如果他愿意。

“我相信，”普利·维茨说，“陶瓶和陶盆如今很受追捧，很多人都靠这门生意发了财。”

“对，”大卫叹气道，“我也听说了。”

他们又来到阳光普照的山边，周围长满瘦瘦的桦树，不时有微风吹过。普利·维茨说这里埋藏着丰富的煤矿，只要温斯坦利先生愿意，他可以采煤，然后卖到诺丁汉或伦敦。

“那你跟我说说看！”大卫恼怒地说，“他为什么不去做呢？采煤！制陶！种麦子！为什么他都不去做呢？！”

“哦！”普利·维茨依然带着不怀好意的微笑说道，“是我叫他别做的。我建议他等到桥修好了再做这些事。不然他怎么把麦子、陶器或者煤运到有需要的人手中？光是运货他就会损失一半的收益。”

大卫看着那些被荒废的田产，越发觉得不宜现在赶去林肯。

“不管怎么说，”他想，“蒙克顿先生那边已经有两个医生了，且不算那个爱尔兰方士。而这些可怜的索尔斯比人却孤立无援。难道我不该留下来说服汤姆帮他们修桥吗？可是我要说什么他才会听呢？”

对于最后一个问题，目前没有任何答案，但是他毫不犹豫地说：“维茨先生，我们必须回去！我还有要紧的事情要回索尔斯比！”

他们一回到米克尔格雷夫大宅，大卫便赶紧翻身下马，寻找起汤姆来。他穿过空荡荡的石头走廊，恰好透过一扇门看见温斯坦利夫人和露西在花园里。她们好像非常激动，正用惊讶的语气互相说着什么。大卫很想知道到底发生了什么事，于是也去了花园。他一到花园，正好看见露西爬上石凳往墙外张望。

“它到维茨先生的房子了！”她说。

“什么？怎么了？”大卫问。

“刚才有三个小男孩来找我们。”温斯坦利夫人很是不解。

“他们还唱着歌。”露西说。

“哦，孩子们都喜欢唱歌。”大卫说，“我家的两个小男孩以实玛利和约拿就喜欢唱儿歌，歌词说的是一个挤奶女工和一头奶牛……”

“对，您说得对，”温斯坦利夫人打断了他，“但这次不一样！那些男孩背上长着翅膀。他们乘着系满丝带的金色小船滑过天空，还抛撒这玫瑰花瓣。”

大卫站到露西旁边往墙外张望。果然，在远远的天边，有一艘小小的金船恰好滑过教堂塔楼。大卫隐约看见三个小小的人影，手里拿着笛子，仰着头似乎在唱歌。

“他们唱的是什么？”他问。

“不知道，”温斯坦利夫人十分困惑，“我听不懂。可能是意大利语吧。”

客厅的窗帘拉得严严实实，完全遮住了傍晚金色的夕阳。温斯坦利先生躺在沙发上，用手捂着眼睛。

“温斯坦利先生，”他妻子叫道，“有一件特别奇怪的事……”

温斯坦利先生睁开眼睛，很高兴看见大卫站在他面前。“啊，蒙蒂菲奥里先生！”他说。

“我和露西在花园的时候……”

“亲爱的，”温斯坦利先生轻声责备道，“我正要和蒙蒂菲奥里先生说话呢。”他对大卫笑了笑，“您刚才逛得开心吗？我想这周围的景色可不算引人入胜。但维茨说您十分愉快。”

“景色确实……非常美丽。明风先生在哪里？”

门突然开了，汤姆走了进来。

“温斯坦利先生，”他说，“我决定替您修一座桥！”

汤姆向来喜欢让满屋子人惊讶得说不出话来，只能盯着他发呆，眼下他的怪癖肯定得到了极大的满足。

随后温斯坦利先生开始说他是多么高兴，多么感激不尽。“我也考虑过此事，”他说，“或者说是维茨先生替我考虑过。我想您肯定也希望能翻倍地收回投资，也就是说，维茨先生可以告诉您其中细节……”他开始快速翻阅一些文件，大卫断定他以前肯定看都没看过一眼。

“完全不用操心这些事，”汤姆说，“我不会索要任何回报。蒙蒂菲奥里先生常常对我说，必须给子女们找份正当工作，温斯坦利先生，于是我想到，这座桥若是修不好，您的子女也会无所事事，也会变得游手好闲。他们在精神上永远不会取得任何成就，行动上也永远不会果敢坚定。”

“哦，是啊！的确如此！”温斯坦利先生说，“那么剩下的事情就是制订一个修桥计划了。我画了草图。我把它们放在屋里的。维茨估计工程只需两年时间——甚至更少！”

“哦，”汤姆说，“我没耐心做那么久的工作。我今晚就能完成，从午夜开始，黎明前结束。不过我有一个条件，”他伸出一根细长的手指，“就一个。温斯坦利先生，您和您所有的仆人，还有蒙蒂菲奥里先生，你们必须在午夜时分到河岸边去见证我的桥是如何修建的。”

温斯坦利先生当即表示，不光是他和温斯坦利夫人以及仆人们会到场，全镇的人都会到场。

温斯坦利先生好不容易把话说完，大卫逮住机会对汤姆说，他简直太高兴了，汤姆居然同意修桥，但是汤姆仿佛心不在焉（他平时可是特别喜欢被人感谢的）。他和温斯坦利夫人说了句话，便很快离开了房间。大卫听见他低声说：“夫人，我希望您喜欢那首意大利曲子。”

大卫现在不得不在索尔斯比待到次日早晨。温斯坦利先生派了一位仆人去林肯告知蒙克顿先生，蒙蒂菲奥里先生还在半路上，要明天才能到。

还没到午夜，索尔斯比的居民就都聚集到命运之轮旅店。为此，温斯坦利先生特意穿戴整齐。奇怪的是，他还不如他的衣服引人注目。他一穿上外套和马裤，平素的悲剧与浪漫气氛就消失殆尽了。他站在三脚凳上，对衣衫褴褛的小镇居民说，他们必须感谢那位善良慷慨的绅士，因为他要为大家修一座桥。温斯坦利先生继续说，这位先生很快就会现身，并接受大家的谢意。

可是汤姆并没有出现。温斯坦利夫人也没有出现，这令她丈夫非常生气，他叫露西回米克尔格雷夫大宅去找她。

温斯坦利先生对大卫说："我很好奇，明风先生怎么能在一夜之间修好一座桥呢？是一座铁桥吗？我听说最近有人在什罗普郡修了一座铁桥。真令人吃惊。可能铁桥比较容易搭建吧。或者是木桥？剑桥就有一座木桥……"

就在此时，脸色苍白、惊恐不已的露西出现了。

"啊，你来了！"温斯坦利先生说，"夫人呢？"

"露西，怎么了？"大卫问，"发生什么事了？"

"啊，先生，"露西哭着说，"我跑回家去找夫人，但是我刚到大门口，却发现两头狮子冲着我吼叫。"

"狮子？"大卫说。

"是的，先生！它们在我脚边跑来跑去，还用尖牙咬我。我那个担心啊，它们就算不把我咬死也会把我撕成碎片的！"

"真是胡说八道！"温斯坦利先生叱责道，"索尔斯比根本就没有狮子。要是夫人决定不来的话，那是她的事。不过老实说，我对她的行为十分不满。不管怎么说，这可是索尔斯比历史上最重大的事件。”他说完走开了。

“露西，那两头狮子有多大？”大卫问。

“看起来比西班牙猎狗大一点点。”

“唔，真奇怪。狮子比那大得多才对。你确定……”

“哦，大小有什么关系？它们总归是可怕的野兽。”露西不耐烦地大声说，“它们的利齿比别的动物多三倍，吼叫声大得很！唉，上帝宽恕我！我吓坏了，马上就逃走了！要是那可怜的夫人出来的话，狮子肯定会扑向她的！要是天黑她没看见它们的话就完了！”她说着又哭起来。

“别哭了，孩子，”大卫说，“别怕。我去找你的女主人。”

“不止是狮子，”露西说，“整个镇子都很奇怪。到处都开着花，鸟也叫个不停。”

大卫走出旅店，刚一出门就被什么东西撞了头。是树枝。命运之轮旅店旁边有棵树。白天它还普普通通，但是现在却突然变得无比巨大，几乎遮住了整个旅店。

“真奇怪！”大卫心想。

树上结满了苹果。

“6 月结苹果，”大卫心想，“越发离奇了！”

他又看了看。

“马栗子树上结苹果！怪到家了！”

借着月光，大卫看见索尔斯比确实变得非常奇怪。无花果长在山毛榉树上。接骨木被石榴压弯了枝子。常青藤上结满了沉甸甸的黑莓，几乎快从墙上掉下来了。任何有生命的东西都变得果实累累。干涸、古旧的窗棂突然充满生机，长出了嫩芽，伸展着枝叶，绽放出花朵并且结了果实。门框也完全变了形，砖头被挤到一边，好些房子都快倒塌了。马路中心的旧马车上长出一丛银色的桦树枝，它的破轮子则长出了荆棘，夜莺在那儿歌唱。

“汤姆到底干了什么？”大卫非常不解。

他来到米克尔格雷夫大宅，门口有两只很小的狮子。月光下，它们看起来更像石头的了。

“我猜，”大卫暗想，“既然狮子是汤姆变活的，那它们应该不会伤害我。”

狮子们张开嘴，发出可怕的吼声——像极了大理石裂成碎片的声音。大卫又向门口走了一步。狮子们跳起来，咆哮着，又咬又抓。

大卫转身跑开了。他回到命运之轮旅店时，午夜的钟声响了。

八十里外，一位剑桥的学生从睡梦中醒来。那位学生（名叫亨利·科尼利厄斯）想要继续睡觉，但是却发现那个梦（和桥有关）在催促着他。他下了床，点起蜡烛坐在桌边。他想画一座桥的草图，却怎么都画不出来（虽然他心知最近在哪个地方见过）。

于是他穿好裤子、靴子和外套，趁夜色出去思索一番。没走多远，他看见一个奇怪的身影。书商爱德华·杰克逊正穿着睡衣站在店门口。他没戴那顶令人肃然起敬的假发，只扣着一顶油腻腻的睡帽。

他一手拿着一本四开本大书，一手拿着黄铜烛台。

“拿去！”他一看见亨利·科尼利厄斯就说，“这就是你要找的东西！”然后他把书塞进科尼利厄斯手中。科尼利厄斯万分惊讶，因为他欠着杰克逊的钱，杰克逊发誓再也不卖书给他。

月光如此明亮，科尼利厄斯看起书来一点儿也不费力。过了一会儿他抬头看了看，发现自己正在一家旅店的马厩里，朱庇特正站在月光里，它是整个剑桥最快最健壮的骏马。朱庇特已经束好鞍辔，似乎正在耐心地等待某人。科尼利厄斯没有多想就跨上马背。朱庇特立刻出发了。

科尼利厄斯平静地翻着书。他实在太专心了，以至于完全没注意到自己在往哪里走。他偶然四下看了看，发现周围有无数银色和蓝色的线条刻在黑色背景上。一开始他以为这是树上结的霜，但是他转念想到现在是6月，天气非常暖和。而且那些图案更像是从高空俯瞰月光笼罩的田野、农场、森林和草原。但是没关系，实际情况如何并不重要，他又接着看书。朱庇特在星空下悄无声息地飞奔着。

“啊，原来如此！”科尼利厄斯对自己说。

然后又说：“我明白了。”

又过了一会儿：“但这需要大量的石头！”

几分钟后，科尼利厄斯和朱庇特站立在索尔斯比对岸的河边。

“嗯！”科尼利厄斯低声说，“和我想的一样！桥还没建起来。”

科尼利厄斯眼前呈现出一片最离奇的建筑工地。无数的木材和石材堆放在岸边，而且随时还有成队的马匹拉来更多。到处都有工人在忙碌。其中一些牵着马，另一些在发号施令，还有更多人举着灯火，把它们挂在树上。奇怪的是，这些人都穿戴着怪模怪样的睡衣、睡帽、外套和裤子。有个家伙急急忙忙赶来索尔斯比，居然穿着他老婆的裙子和无边帽，可他并不介意，提起裙角就干上了。

在这些忙碌的人中，有两个人站在一边专心谈话。“你是建筑师吗？”其中一个说着，朝科尼利厄斯大步走来，“我叫约翰·阿尔弗雷顿，诺丁汉的石匠。这位是维克莱先生，大名鼎鼎的工程师。我们等你来告诉我们这是要修什么。”

“都在这儿哪！”科尼利厄斯举起那本书（詹巴蒂斯塔·皮拉内西的《想象的监狱》）。

“哦，是要修监狱吗？”

“不，只需要修桥。”科尼利厄斯指着图中一座大桥，它旁边就是一座死气沉沉的监狱。他抬起头，忽然看见对岸有一群怪里怪气、安静得可怕的人。“那些是什么人？”他问。

阿尔弗雷顿先生耸耸肩。“任何时候，只要有勤劳的人在工作，就总有闲人在旁边看着。先生，你最好别去管他们。”

一点钟的时候，河面上搭起了巨大的木质脚手架。脚手架上挂着很多火把、灯笼和蜡烛，它们发出的光芒照亮了索尔斯比的房子和那些围观的人。小镇旁边仿佛停着一只圣保罗大教堂那么大的萤火虫。

两点钟的时候，亨利·科尼利厄斯感到万分失望。因为河流太浅，容纳不下皮拉内西的桥。他建不出原先设想的那么高的大桥了。

但是石匠阿尔弗雷顿先生对此毫不介意。“别着急，先生，”他说，“维克莱先生会做些改动的。”

维克莱先生后退了几步。他把假发推到一边，这样就更方便挠头了，随后他在笔记本上潦草地写画了一番。

“维克莱先生满脑子好点子，知道怎样帮我们建成大桥。”阿尔弗雷顿接着说，“维克莱先生在北方修建了很多著名的运河和高架桥。他是非同寻常的天才。他不善言谈，可他却承认他对我们的进展表示满意。噢，很快就能完工的！”

四点钟的时候桥修好了。两道半圆形的石拱横跨在河上，每一道都砌着未经打磨的石头桥栏。大桥造型古雅、气势恢宏，颇具意大利风格。它在伦敦必然会非常引人注目；在索尔斯比，它更是睥睨着周围的一切。可以这么说，再不会有人对这镇子瞅上一眼；大家眼里除了这座桥，再也看不到其他东西。两道石拱之间竖着一块石牌，上面刻着很大的字：

THOMAS BRIGHTWIND ME FECIT

ANNO DOMINI MDCCLXXX [8]

大卫一整夜都在问镇上的人有没有看见汤姆哪儿去了。桥一修好，他又跑去问工人们。其中一个舒了口气，睡眼蒙眬地低声说：“玛丽，孩子哭了。”另一个衣着时髦的青年，用手撑着头说：“戴文菲尔

8 托马斯·明风所造，公元 1780 年。

德，把酒给我，给这位好伙计。”还有个戴着灰色假发的人，除了喃喃念叨数学公式，还不停背诵着曼彻斯特各大桥梁和高架桥的长度与高度的数值。

第一缕金色的阳光照下来，整条河都变成了银色。大卫抬头一看，发现汤姆正大步从桥上走过。他手揣在裤兜里，一副洋洋自得的神气。“她太美了，我的桥，你说是吗？”他说，“我在想是不是应该加上一些深浮雕作品，表现上帝送来西风、天使、蝎尾狮、独角兽、狮子、鹰马兽以助我灭敌。你觉得呢？”

“不用了，”大卫说，“这桥本身就很漂亮了，不需要额外的装饰。你为这些人干了件好事。”

“是吗？”汤姆对这点全然不感兴趣，“老实说，我仔细想了想你昨天的那些话。我的孩子们确实很傻，他们大都游手好闲，不过今后我也许会让他们担负起责任，或者干些有益的工作，谁也说不准。也许他们可以从中学到一些东西呢。”[9]

“真是太好了，”大卫亲了亲汤姆的手，“完全是你的作风。当你决定你给儿女们做出表率的时候，我们最好坐下来讨论一下究竟能为他们做些什么。”

9　尽管汤姆对他的后代们漫不经心，他的子女中还是有几个靠自己的力量获得了成功。在本故事发生后的几年中，差不多就在同一时代，一些学者在电子学方面有了重大发现。他们中有一个沉默孤僻的人，独自住在萨克森的德累斯顿，名字叫作普林斯·瓦伦丁·明风。汤姆非常高兴地得知，这人是他的儿子，生于 1511 年。汤姆对米丽亚姆·蒙蒂菲奥里（大卫的妻子）说：“这是我第一次听说我的孩子有所作为。他们中有人挥霍无度，有人长年与我作对，但也就这样子了。我没有比这更高兴和惊讶的了。有些人非要说我记得他，可我就是想不起来。”

“哦，”汤姆说，“我已经开始做了！”

他们回到索尔斯比去牵马，方才得知温斯坦利先生的仆人从林肯回来了，带来了蒙克顿先生于昨夜去世的消息。（“你看，”汤姆轻描淡写地说，“我跟你说过他真病了。”）仆人还说，英格兰药剂师、苏格兰医生和爱尔兰方士三个人一整天都在客厅里一起聊天、打牌、喝雪利酒，连蒙克顿先生去世都没能打断他们。

“不管怎么说，”汤姆看了看一脸失望的大卫，说，“去吃早饭怎么样？”

于是仙子和犹太人骑马过了桥。令大卫惊讶不已的是，他发现他们瞬间置身于一个阳光灿烂的广场，这广场长得望不到头，挤满了服饰精美的人，他们一边呼吸着早晨的空气，一边用意大利语互相问好。有着精美外墙的房舍和教堂矗立在四周。喷泉里海神尼普顿和其他神话人物的雕像喷出闪亮的水柱，落进大理石池子里。石质花盆里玫瑰盛开，四周弥漫着上好的咖啡和新鲜面包的香味。但真正美丽的还是清晨的阳光——像水晶一样澄澈，像蜂蜜一样甜美。

“罗马！纳沃那广场！”大卫叫起来，回到故乡意大利令他万分高兴。他又回头看了看桥那头的索尔斯比和英格兰。那边的景象就像隔了一层脏兮兮的玻璃。“可是别人过桥的话会发生什么事呢？”他问。

汤姆用仙灵语[10]说了句什么，大卫可听不懂那种语言。但是从汤姆漫不经心耸肩的动作来看，这句话大致可以翻译成“管他的呢”。

10　仙子们在墣落里说的语言。

经过大卫一连几年的劝说和争辩，汤姆终于原谅了伊格莲私自结婚的行为，同时也原谅了她的三个姐妹隐瞒真相的行为。伊格莲和卡特赖特先生得到了一所位于巴斯坎登广场的房子和一笔年金。伊格莲的两个姐妹妮妙公主和伊莲公主回到了万塔城。不幸的是，摩根娜公主却在那座黑暗森林的小破屋里遭遇了一些事情，从此失踪了。不管大卫怎么努力，他始终没法让任何人对她的命运产生半点兴趣。既然汤姆对这个问题已经厌烦到极点，妮妙和伊莲两位公主为了取悦她们的祖父，觉得最明智之举莫过于就当摩根娜从未存在过。

索尔斯比的那座桥，作为一座仙桥，没能给小镇带来任何财富，因为温斯坦利先生依然懒于将任何致富计划付诸行动。但是两年后，当温斯坦利先生正向游客们介绍这座桥的时候，一部分栏杆似乎很神秘地移动了位置，温斯坦利先生跌进河里淹死了。他的田地、黏土地、煤矿等等都由他的幼子鲁修斯继承。在温斯坦利夫人和鲁修斯的努力下，土地得到了很好的耕种，黏土也被利用起来，煤矿也建好了。普利·维茨参与了不少生意，全都大获成功。可惜财富于他并不合适。成为有钱人之后他非但没有变得轻松快乐，反而终日思考邻居和朋友们的贫苦生活，最终把自己搞得憔悴不堪。

除了鲁修斯·温斯坦利以外，剩下也没什么好说的了。他成了个不同寻常的人，一方面英俊无比，另一方面却脾气古怪，我想读者们不会对此感到惊奇。他的举止不像是小地方的领主，倒有点像索尔斯比的国王，他凭借不太靠谱的魅力、变幻莫测的性格和独断专行的手腕统治着小镇，这一切无疑让认识汤姆·明风的人备感熟悉。

此外他还有些出人意料的天赋。在某个牧师的日记里我们能发现一条1806年夏天的记录，记述了他和他的同伴骑马来到索尔斯比桥（小镇现在就叫这个名字），发现这里异常安静，安静得有些诡异了，他们以为这儿的人不是死了就是搬走了。在新桥客栈的院子里，这位牧师遇见一个马夫，于是询问为什么这个小镇安静得如同坟墓。

“啊，”马夫回答，“可以的话，请您再小声点儿，先生。本镇高贵博学的大老爷鲁修斯·温斯坦利昨夜喝醉了，这会儿正头疼着呢。他的房子就在不远处，您可以看见。头天晚上他要是喝醉了，第二天早上鸟儿就不得歌唱，马儿就不得嘶鸣，狗儿也不得吠叫。猪必须安安静静地吃食。风必须赔着小心，把树叶轻轻地吹落，连河水都必须悄无声息地流淌。”

这位英国牧师在日记中这样写道：“……整个镇子笼罩在古怪的气氛中。所有的居民都害怕鲁修斯·温斯坦利。他们相信他懂魔法，而且很频繁地施法。”[11]

虽然索尔斯比桥的居民以鲁修斯为傲，他仍令他们感到不自在。到了十九世纪中叶，他们不得不承认鲁修斯是有点奇怪；尽管他三十岁生日已经过去了四十多年，他却丝毫没有变老。而鲁修斯自己呢，当然不可避免地对索尔斯比感到厌烦了，尽管他设法让无数女士深爱着他，尽管他根据自己的心情变化天气，甚至有一次他让

11 摘自《詹姆士·哈维斯-高尔斯华绥牧师日记，1804—1823》。

所有的猫狗都说起纯正的英语，而镇上的居民却只能互相喵喵汪汪地叫唤。

1852 年春天的一个早晨，鲁修斯骑马踏上他父亲的桥，从此不知去向。

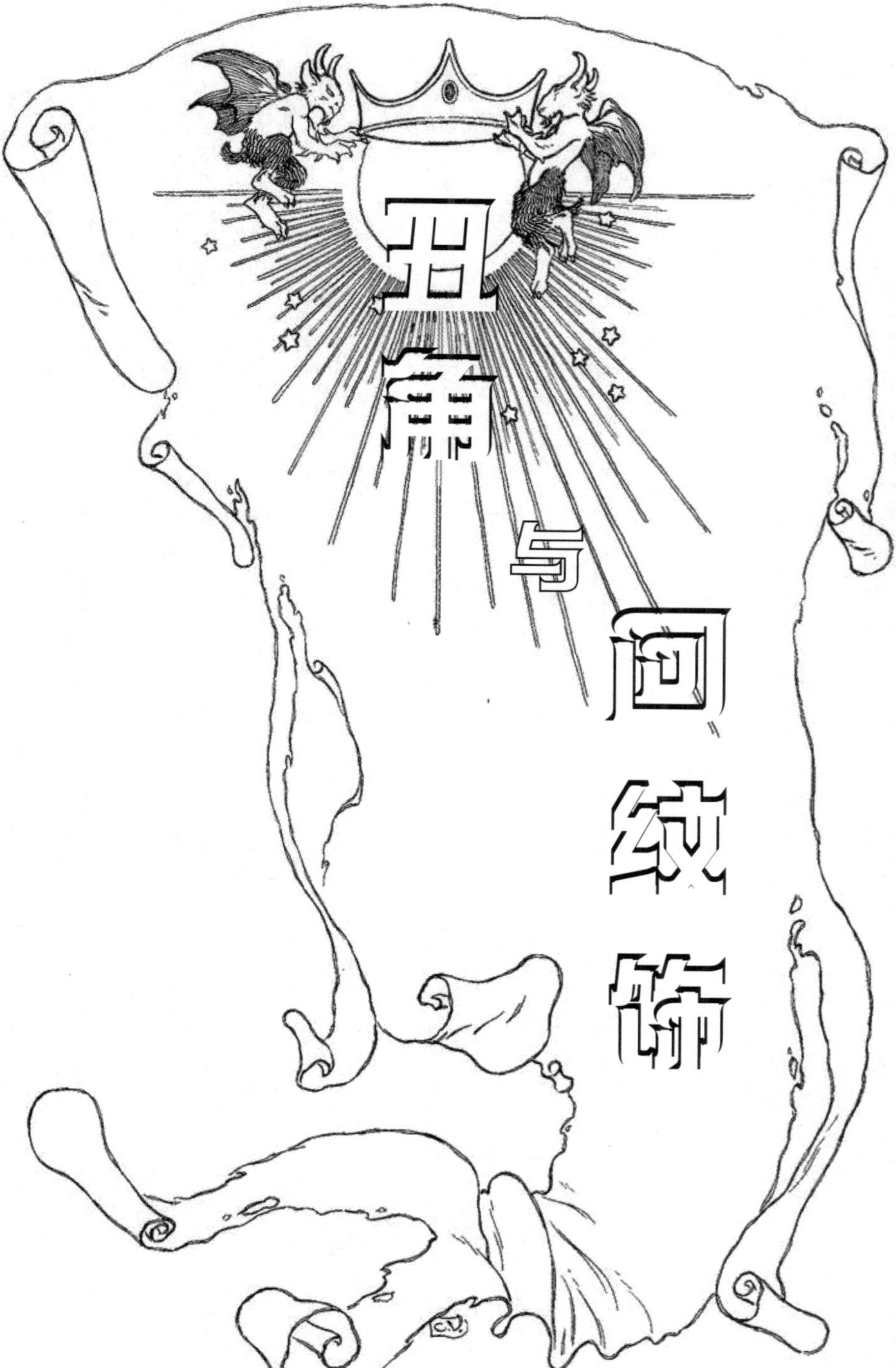
丑角
与
回纹饰
C.V.

1568年春，苏格兰的玛丽女王因畏惧民情激愤而穿过边境来到英格兰。*甫一入境，她便致信表亲伊丽莎白**，在信中讲述了当前的窘境，并请求得到保护。伊丽莎白回信说，臣民竟敢这样对待他们神授的合法君主，实在令人震惊；而私底下她却认为玛丽时时觊觎英格兰的王位。她还认为玛丽本人在苏格兰影响极坏，她煽动内战，还促成数起谋杀事件。

一番周折之后，伊丽莎白终于将苏格兰女王囚禁起来。

苏格兰女王被交由什鲁斯伯里伯爵看管。这位伯爵生性平和，关于他有两件事最为人所称道：其一是他坐拥巨大的财富，其二是他那备受伊丽莎白女王赞扬的夫人。伯爵护送苏格兰女王至塔特伯里城堡，这古老的灰塔矗立在德比郡和斯塔福德郡的交界处。

---

* 玛丽·斯图亚特，苏格兰国王詹姆士五世之女。玛丽信奉罗马天主教，而当时苏格兰和英格兰主要信奉新教，因此她不受支持。在本故事发生的前一年，即1567年，她被苏格兰贵族囚禁于爱丁堡的列文湖城堡；1568年5月2日她从列文湖逃脱，16日来到英格兰，三天后即被囚禁。

** 即伊丽莎白一世，亨利八世和安妮·波琳唯一的孩子。因她的父母是按照新教教规结的婚，所以天主教认为她是私生女。

她可以从城堡最高处四下眺望。她曾一度坐拥三个御座*，而如今她的世界却衰落成浑浊的河沟和阴暗的远山。

这到底是如何发生的？在欧洲宫廷，人们多年前就断定她必然没落。她所做的决定全然错误，她的风流韵事净是丑闻。她本人如同一颗灾星；她阴霾笼罩的身世**更是无人不知。但是女王本人却对这突如其来的变局万分不解，并认定有人从中作梗。

她认为，这一切都是伊丽莎白的手笔。伊丽莎白和英格兰。女王望着周围黯淡的冬景：苍白的天空如同伊丽莎白的脸色，刺骨的寒风如同伊丽莎白的呼吸，河流流过树林时闪烁的微光如同伊丽莎白恶毒的眼神。

苏格兰女王觉得自己逐渐缩小，小得如同伊丽莎白身上的跳蚤，或者，至多不过是她袍子上的一只老鼠。她突然跪下来号啕大哭，边哭边捶打着石墙。看守的卫兵们见到女王这样的举止无不惊讶，但她那些法国和苏格兰的仆人都早已见惯不惊。

他们扶她到屋里，让她睡下。她的侍女西顿夫人坐在她旁边道些飞短流长好让她分分心。

西顿夫人说，什鲁斯伯里伯爵夫妇虽然已届中年，但他们却才刚结婚不久。她说，伯爵夫人并非出身贵族，实际上她不过是个农夫的

---

* 其一是：苏格兰王位。其二是：玛丽十六岁时与法国太子弗朗索瓦结婚，亨利二世去世后，弗朗索瓦即位，玛丽成为法国王后。其三是：因伊丽莎白女王被天主教认定为私生女，所以当由玛丽成为英格兰女王。

** 玛丽·斯图亚特出生前后，苏格兰王室的君主及男性继承人全部死去，她父亲当时在索尔维莫斯战役中败给英格兰，羞辱、愤怒和霍乱使得他也很快便去世。玛丽出生六天后即被加冕为苏格兰女王。

女儿，能爬上今日的地位全仗她的四次婚姻，她的四个丈夫一个比一个富有，一个比一个高贵。

"Quatre maris！"苏格兰女王下意识地用母语法语*叫起来，"Mais elle a des yeux de pourceau！"（四个丈夫！就凭她那对猪眼睛！）

西顿夫人笑着表示同意。

四个丈夫！苏格兰女王暗想。而且前三个死得那么适时，恰好都是在那农家女想要提高自己地位的时候。苏格兰女王本人的丈夫可从来没有在死的时候为她考虑一下。她的第一任丈夫，法国国王，十六岁去世，她也就因此失去法国王位，此事令她痛苦万分。她的第二任丈夫（她对此人万分厌恶，向来愿他早死），突然间就得了急病，却一直拖着没死，到最后总算有好心人试图炸死他，并最终掐死了事。**

这倒令苏格兰女王想起一个问题。"伯爵夫人的几个丈夫都是自然死亡的吗？"她问。

西顿夫人不以为然地哼了一声，凑近她说道："她的第一个丈夫几乎还是个孩子！伯爵夫人那时候名叫贝丝·哈德威克，她给丈夫绣了一件外套，上面是黑白方格相间的图案。穿过几次之后，他抱怨说整个世界好像都变成了黑白方格。每一个黑色桌面都仿佛一个张着大

---

* 玛丽幼年便被安排与法国联姻，五岁时去往法国接受教育，法语可算是她的母语。

** 玛丽的第二任丈夫是她的表弟亨利·斯图亚特。他傲慢自大，甚至暗地里参与阴谋反对玛丽的新教贵族组织。后来亨利患上天花（一说梅毒），疗养期间他的住处发生爆炸，之后他被发现死在家中果园里。人们在他的尸体上发现了勒痕。

口的黑洞，要将他一口吞下；每一个透着苍白的冬季阳光的窗户看起来都阴森可怖，满怀恶意。他就这么胡言乱语的，之后就死了。”

苏格兰女王很是意外。她听说过在束胸里藏入毒针好刺入肌肉，却从没听说过有人会被刺绣图案杀死。她本人就很喜欢刺绣。

她想起她曾幻想自己是伊丽莎白衬衣里的老鼠。她心想，一根针对老鼠——应该说是老鼠大小的人——来说是很合适的武器。如果伊丽莎白死于针刺（或者其他任何东西），苏格兰女王就能统治英格兰。

塔特伯里城堡阴冷恶臭，而且狭小。她们没走多久就找到了正在做女红的伯爵夫人。

女王问伯爵夫人她在绣什么。

“美丽乡野的漂亮宫殿。”伯爵夫人让女王看她的刺绣，“我绣图的时候喜欢想象将来我的儿孙也会住在这样的房子里。这是个傻念头，对吧，但是却很能打发时间。”

苏格兰女王惊讶地看了一眼西顿夫人——这农家女真是狂妄自大。

伯爵夫人看得清清楚楚，但是她完全不以为意。

随后苏格兰女王开始谈论刺绣，又说到丈夫，最后说起丈夫们一一去世；此外她特别谈到了黑白方格图案。

伯爵夫人很坦率地回答，刺绣是闲暇时候的绝佳消遣；一般而言丈夫们是大有益处的；他们的离去令人非常难过。

女王皱起眉头。伯爵夫人是个聪明人，这点她早有耳闻。难道她已经听出来了言外之意？

女王说："我想给英格兰女王，我亲爱的姑姑，准备一件礼物。最好是我绣制的什么东西。礼物本身可能无足轻重，但对我而言却是一件乐事，因为我曾说过，我爱英格兰女王远胜爱世界上其他人。"

"只要见过她的人都会热爱她。"伯爵夫人很虔诚地说。

"的确如此。"之后苏格兰女王就说起伟大的君王们是如何奖励功臣的。

对于这种种的暗示，伯爵夫人既不激动也不惶恐。她只静静地看着苏格兰女王。

玛丽女王找来一本书，上面有很多适于用作刺绣的稀奇古怪的图案。上面有鸡蛇兽、狮子、蝎尾狮，以及其他各种各样的怪兽，它们似乎都能通过有魔法的刺绣把伊丽莎白撕成碎片（玛丽是这么希望的）。

伯爵夫人认真地看着这些图片，但是没有对选择花样提出任何意见。

此后每天上午，女王、伯爵夫人和西顿夫人就坐在一起刺绣。她们聚在窗边，埋头工作，关系似乎十分友好。玛丽女王为伊丽莎白绣了一双手套，装饰图案是出没在蓝色波浪和银色浪花之间的海怪。可是，尽管她在怪兽的嘴里绣满了利齿，但伊丽莎白却并没有被任何东西咬伤，也没有溺水。

什鲁斯伯里伯爵致信伊丽莎白女王称，苏格兰女王近日十分平静。此言全然不实，女王不刺绣的时候就密谋勾结英格兰的敌人，企图暗杀伊丽莎白，而且她还写信给西班牙和法国国王，恳请他们出兵英格兰。同时她也不忘赞扬伯爵夫人的针线活，不忘把黑白方格图案挂在嘴边。

许多年过去了，伊丽莎白依然健康，英格兰也从无外患，玛丽渐渐厌倦了恭维伯爵夫人。她对西顿夫人说："她真顽固，不过我也有我的魔法。要是她不肯帮我，我就来教训教训她。不管怎么说，我知道她心里最喜欢什么。"

于是玛丽精心梳理她棕红的发髻，又穿上一袭缀满银丝珍珠的紫褐色天鹅绒裙衣。她请伯爵来她的房间，让他坐在身边，对他微笑着说，在所有为她尽忠的绅士之中，她最信任的就是他。日复一日，她同伯爵说着这些甜言蜜语，这可怜的人晕头转向几乎找不着北，他几乎就要爱上玛丽女王了。

西顿夫人对此很不能理解。她对女王说："我并不认为伯爵夫人最爱的是伯爵。"

"伯爵？"女王大笑起来，"当然不是！谁说她爱伯爵了！她爱的是伯爵的钱和领地。她希望这一切都传给她的儿孙们。她整天想的就是这个。"

如女王所料，这些话很快传到伯爵夫人处，但伯爵夫人那张富有德比郡特色的宽脸庞上没有显出任何生气的迹象。次日三位女士一起刺绣时，玛丽女王再次提起她的老问题——给英格兰女王送什么礼物才好。

"衬衣，"什鲁斯伯里伯爵夫人非常肯定地说，"白绸衬衣。女王陛下喜欢新衣服。"

苏格兰女王笑了。“人人都喜欢新衣服。用什么做装饰呢？”

“绣满粉色小康乃馨花样。”伯爵夫人回答。

“粉色小康乃馨？”苏格兰女王问。

“是的。”伯爵夫人回答。

尽管满腹疑虑，玛丽女王还是在白衬衣上绣了粉色小康乃馨（尽管她本人觉得毒蛇或蜘蛛更好些），然后把这件礼物送给英格兰女王。几周后，她便听说伊丽莎白得了麻疹，皮肤上长满粉色的水疱。

玛丽高兴得几乎要拍手称快。又过了一周，她列了个名单，上面包括众多英格兰贵族和主教。她又回想起多年来被监禁的岁月，细数受过的蔑视和恩惠，考虑着哪些人应当受赏，哪些人应当受死。

又一天，风吹得雨滴不断打在窗户上，伯爵夫人忽然来到女王的房间。她眼里闪着激动的光芒，说她有一个消息。伊丽莎白女王的顾问和廷臣对女王的病情恐慌不已，他们最怕的就是苏格兰女王统治英格兰。“因为，”伯爵夫人看似无心地说，“他们非常恨你，怕你给英格兰带来毁灭。为此他们专门通过了一项法案*，让你永远当不成英格兰女王。他们把你从继承人中除名了。”

苏格兰女王没说话。她一动不动地站着。最终，她开口问道：“英格兰女王死了吗？”

“啊，没有。女王陛下已经好多了，为此我们要感谢上帝。”

---

* 1572 年，英格兰议会在女王的鼓励下，订立了阻止玛丽成为英格兰女王的《联合合约》，其目的在于防范任何可能通过刺杀女王得益的人。这项法案并不是法令，但数以千计的人在上面签了字，甚至包括玛丽自己。

苏格兰女王心不在焉地小声祈祷了几句。“可是那些粉色康乃馨呢？”她说。

“女王陛下对你的礼物非常失望，”伯爵夫人说，“绣花都散开了。”她十分轻蔑地看了玛丽的侍女一眼，“一定是西顿夫人没有把线结打好。”

至此，苏格兰女王和什鲁斯伯里伯爵夫人友谊不再。

当天晚上，女王躺在卧室床上，她的帐子似乎被一阵微风吹动了。在冬季的月光中，光秃秃的树枝看起来像无数黑线，缝在窗户上、城堡上，缝在女王自己身上。她惊恐地发现她的眼皮被缝起来了，喉咙也被黑色的线缝死；她的手指被缝在一起，成为难看的、毫无用处的蹼。

她尖叫起来，仆人们闻声而至。“Elle m'a cousue à mon lit! Elle m'a cousue à mon lit！”（她把我缝在床上了！她把我缝在床上了！）女王叫道。仆人们安慰她，告诉她伯爵夫人没有做那种事。

但女王从此再也不勾引伯爵了。

大约一年后，伯爵请玛丽女王移驾，他们从伯爵的城堡来到伯爵夫人的新居查茨沃斯庄园。伯爵恭敬地请女王欣赏门厅的地板，那些黑白方格地板是由伯爵夫人亲自安排铺设的。

玛丽女王微微发抖，她想起那个哭叫着说黑格子和白格子要吃掉他的男孩。

“我不想走这种地板。”女王说。

伯爵仿佛很不解似的。他们所有的入口都铺着这种黑白方格地板，但女王却不愿走上去。可怜的伯爵揪着头发和胡子（此时他已经须发皆白了）请求女王，但女王断然拒绝踏上方格地板。他们搬来一把椅子放在走廊上，她就坐在那儿。德比郡的大雨袭来，女王依然等着，直到伯爵叫人把这些黑白大理石地板都挖掉。

“这是为什么？”伯爵问女王的仆人。这些法国人和苏格兰人也只是耸耸肩，表示无法回答。

苏格兰女王从来不知道生活可以这样空虚。她年复一年策划着要如何才能登上御座，如何才能与王室联姻，但这些事情没有一件成功；而这数年间，她几乎可以听见伊丽莎白和廷臣们咔嚓、咔嚓、咔嚓地剪断她与外界的所有联系，而伯爵夫人则嘶、嘶、嘶地把她缝入英格兰，缝入牢笼。

一天傍晚，她漠然地看着墙上的一幅刺绣帷幔。一场灾难降临在一位古装的女士身上。她被图中那位女士的侍从吸引住了，那侍从仿佛正要从这危机中逃走。吹进室内的风不断把这块布推向柜子上的烛火，仿佛画中的小人想跳进火焰中。“她累了，”女王心想，“她厌倦了被绣在这绝望无力的图案里。”

女王站起来。仆人们没注意到她把烛台往帷幔的方向挪动了一点。风再次吹来，帷幔着火了。

女王的侍女们发现着火的时候，一个个都尖叫起来，男仆们则忙着救火。他们想让女王尽快离开这个危险的房间。但玛丽女王却像雪花石膏雕像一样站着。她盯着帷幔上那个人，直到她被烧尽。“看，”她对侍女们低声说，“她自由了。”

次日她对女仆说："我明白了。给我把猩红的丝绒找来。要染得非常红，红得不能再红。再把有如破晓般血红的丝绸也拿来。"之后的几周，女王天天坐在窗边。她膝上放着猩红的丝绒，一针一线地把它们绣在血红的丝绸上。

侍女们问她在做什么的时候，她笑着回答她在绣美丽的火焰。"美丽的火焰，"她说，"可以烧毁囚禁你的牢笼和束缚你的绳索。"

两个月后，苏格兰女王因谋反被捕。在一位啤酒商的酒桶里发现了她的书信，那人负责给庄园运送啤酒。她接受审判，最后被判斩首。行刑那天早上，她来到断头台上，刀斧和砧板已经安好。她穿着黑色的裙衣，戴着及地的白色亚麻面纱。她脱下外衣后，里面的衬裙上竟用猩红的丝绒绣满了火焰的图案，色泽鲜明地跳动着。女王笑了。

什鲁斯伯里伯爵夫人又活了二十年。她建起很多美丽的宅子*，里面挂着精美的帷幔，帷幔上绣着珀涅罗珀和卢克雷蒂娅的图案。她本人就像珀涅罗珀一样谨慎，像卢克雷蒂娅一样坚贞。后来的好几个世纪，她的孩子们，以及孩子们的孩子们也当上了伯爵和公爵。他们统治着英格兰，住在最美的领地上最漂亮的宅子里。他们中很多人至今还活着。

---

* 最后一任丈夫去世后，什鲁斯伯里伯爵夫人修建了哈德威克庄园，该庄园被作为伊丽莎白时代对称庄园建筑的代表作保存至今。

丑角是指形态怪诞的图案。回纹饰是文艺复兴时期一种排列规则的装饰花边。十六世纪时二者常见于刺绣。

约翰·乌斯克格拉斯
和
坎布里亚
的
烧炭人

本故事是流行于英国北部的民间传说，摘自波蒂斯海德勋爵约翰·沃特伯里所著《写给孩子看的乌衣王的历史》。像很多古老传说一样，它讲述了伟大的君王如何被聪慧过人的平民要弄，为此很多学者辩称该传说缺乏历史依据。

很久以前，坎布里亚的森林里住着一个烧炭人。他很穷，衣衫褴褛，满身煤烟。他没有妻儿，唯一的伙伴是一头叫小蔫巴的小猪。绝大部分时间他都待在林间空地上，与闷在土堆里的木炭垛和茅草树枝的棚屋为伴。即使如此，他还是过得很快活——除非有人惹怒了他。

一个明朗的夏日清晨，一头牡鹿闯入林间空地。成群结队的猎狗和全副武装的骑马人在后面追它。一时间满山遍野都是狂吠的猎犬，号角声和马蹄声震天响。随后这队人马又迅速离开了，他们都消失在山林深处，只有一个人留了下来。

烧炭人环顾四周。他的草堆被踩进泥里；他的小窝棚连根树枝都没剩下；他的木炭垛被破坏了大半，火苗蹿上来把木炭烧得干干净净。他勃然大怒，冲着留下来的那个猎人破口大骂。

而那个猎人其实也有麻烦。他之所以没和别人一起离开，是因为小蕉巴在他的马蹄子底下乱跑乱叫。猎人左右躲避，终究没能走掉。他穿着一身考究的黑衣，靴子是黑色的软皮革，马具上还镶着宝石。其实这人正是约翰·乌斯克格拉斯（也就是乌衣王），北英格兰及仙境之王，史上最伟大的魔法师。但那烧炭人对此毫不知情（他对林子以外的事情知之甚少）。他只知道这猎人对他不理不睬，这令他火冒三丈。“说话呀！”他吼道。

林间有一道溪流。乌斯克格拉斯看看溪水，又看看在马蹄子底下乱窜的小蕉巴，手一挥，小猪变成了鲑鱼，跳进水里游走了。然后乌斯克格拉斯策马离去。

烧炭人看着他走远。“我该怎么办才好？”他自问。

他灭了火，尽量修整炭垛子。但是炭垛被狗和马踩得稀烂，再也没法恢复原样了。这破烂的悲惨景象令烧炭人大为伤心。

他打算去弗内斯寺，恳请僧侣们给他一份晚餐，因为他的食物都被踩烂了。到了寺院，他求见负责施舍救济的施赈者。施赈者待他十分亲切，给了他美味的圆奶酪和暖和的毯子，并询问他为什么拉长了脸闷闷不乐。

于是烧炭人讲了前因后果。可是他并不那么善于叙事，他一直在说最后留下来的那个猎人，却偏偏不说那人衣着精美，还戴着宝石指环。施赈者压根儿没想到那位猎人就是乌衣王。而且，烧炭人管他叫“黑衣人”，所以施赈者就以为那人穿着肮脏，和烧炭人差不多。

施赈者十分同情他。“那么可怜的小猪变成了鲑鱼，是吗？”他说，“如果换成是我，我会去向圣肯蒂格恩*祈祷。他一定会帮你的。他非常了解鲑鱼。”

“你是说圣肯蒂格恩？我去哪儿才能找到这位能人？”烧炭人急切地问。

“格里泽戴尔有他的教堂，沿这条路直走就到了。”

于是烧炭人动身前往格里泽戴尔。他进了教堂便不停地捶墙，高呼圣肯蒂格恩的名字，最后圣肯蒂格恩从天上现身并问他因何而来。

烧炭人立刻开始滔滔不绝地描述他的遭遇，尤其是最后那个猎人的行径。

“好吧，”圣肯蒂格恩很爽快地说，“我想想能怎么帮你。像我这样的圣人必须倾听贫苦潦倒之人的祈祷，无论所求之事多么无理。而你，我们对你尤为关照。”

“我竟然包括在内？”烧炭人听到这话受宠若惊。

圣肯蒂格恩从天而降，在教堂喷泉里捞起一条鲑鱼。他拿着鲑鱼晃了晃，眨眼间小蔫巴出现了，和之前一样又脏又快活。

烧炭人拍手大笑。他想抱起小蔫巴，可是小蔫巴叫唤着跑开了，跟平常一样精力十足。

“不错，”圣肯蒂格恩得意地望着这件礼物，“很高兴能回应你的祈祷。”

---

* 即圣芒戈，公元六世纪晚期的传道者。活跃于苏格兰地区，是格拉斯哥市的创建者和主保圣人。

“唉，但是还没完呢！”烧炭人说，“你必须代我惩罚那人。”

圣肯蒂格恩皱起眉头，解释说人要宽恕敌人。但烧炭人此前从未学习过基督徒的宽恕之心，眼下也无意尝试。“把布伦卡斯拉山压到他头上！”他眼神激动，握紧了拳头。（布伦卡斯拉山是格里泽戴尔以北的一座高山。）

“唔，不行，”圣肯蒂格恩推托道，“我可不能那么做。不过你刚才说那人是个猎人？也许狩猎失败一次能让他学会尊重他人吧。”

就在圣肯蒂格恩说话的同时，约翰·乌斯克格拉斯（他还在打猎）突然从马上掉下来，掉进岩石缝里。他想爬出去，却发现自己被某种神秘力量束缚住了。他试着用魔法破解，但法术宣告失败。英格兰的泥土和岩石都深爱着乌衣王，它们向来竭力帮助他，但这股来历不明的神秘力量显然更受敬重。

他在岩石缝里待了一天一夜，又冷又潮湿，十分凄惨。黎明时分，那股不明力量突然放开了他，个中原因不得而知。他爬出来，找回马匹，回到他位于卡莱尔的城堡。

“你去哪儿了？”兰切斯特的威廉问道，“我们以为你昨天就该回来了。”

约翰·乌斯克格拉斯不想让人觉得英格兰有比他更强大的魔法师，于是想了想说：“去了趟法国。”

“法国！”兰切斯特的威廉十分惊诧，“那么你见到法国国王了吗？他说什么没有？会再次发起战争吗？”

约翰·乌斯克格拉斯胡编了几句模棱两可、神秘兮兮的回答。他回到自己的房间，在盛水的银盘边席地而坐。他继而呼唤了一些极伟大的名字（如西风、星辰之类），请教它们是何人将他困入石缝。结果银盘中出现了烧炭人。

约翰·乌斯克格拉斯召集马和狗，冲向林中空地。

这个时候，烧炭人正在烤施赈者给他的奶酪。接着他又去找小蔫巴，因为烤奶酪是小蔫巴最喜欢不过的东西。

在他走开的空当，约翰·乌斯克格拉斯带着猎狗来了。他在空地上四处寻找昨天施法的痕迹。他很奇怪为什么如此强大、如此危险的法师会在树林里当烧炭人。随后，他看到了烤奶酪。

这烤奶酪无比诱人，谁见了都垂涎欲滴，管他是国王还是烧炭人。约翰·乌斯克格拉斯想的是：整个坎布里亚都属于他，因此这片森林也属于他，因此林中的烤奶酪也属于他。于是他坐下来吃了奶酪，吃完之后还让狗舔了他的手指头。

正当此时，烧炭人回来了。他盯着约翰·乌斯克格拉斯和先前盛着烤奶酪的树叶。“你！”他大喝，“又是你！你吃了我的晚餐！”他揪住乌斯克格拉斯狠命摇晃，“为什么？为什么你总来使坏？”

乌斯克格拉斯一言不发。（他自己也觉得此事不妥。）他挣脱烧炭人，骑上马离开了林间空地。

烧炭人再次去了弗内斯寺。“那个坏蛋又来了，还吃了我的烤奶酪！”他对施赈者说。

施赈者对这个充满罪恶的世界悲伤地摇摇头。“再拿点奶酪吧。”他说，“需要些面包吗？”

“有哪位圣人管奶酪的事？”烧炭人问。

施赈者想了想。“应该是圣布里吉特吧。”他说。

“我去哪儿找这位女士呢？”烧炭人急切地问。

“她在贝克梅特有一座教堂。”施赈者给烧炭人指明了道路。

于是烧炭人来到贝克梅特。他一到教堂就狠狠敲打圣坛的盘子大吼大叫，弄出很大的动静。最后圣布里吉特面带焦虑地从天上现身，问他发生了什么事。

烧炭人便滔滔不绝地描述了那个沉默的坏蛋对他干的好事。

圣布里吉特说这样的事很令人伤心。“不过我恐怕帮不了你。我看护着挤奶女工和奶牛场工人。我可以使黄油凝结，使奶酪成熟，但是我不管奶酪被人偷吃。圣尼古拉斯管着小偷和财产失窃事宜。或者科马纳的圣亚历山大，他比较喜欢烧炭人。也许，”她乐观地补充道，“你可以试着向他们两位祈祷？”

烧炭人拒绝求助于她说的那两位圣徒。“我这样穷得没衣服穿的人理应受到特别的关照！”他坚持道，“实现一个神迹吧！”

“可是，”圣布里吉特说，“这个人保持沉默也许并不是因为轻蔑。说不定他是一个哑巴？”

“啊，不可能！我看见他对狗说话了。它们听见他说话，高兴得直摇尾巴。圣人啊，展示你的神力吧！让布伦卡斯拉山压到他头上！”

圣布里吉特叹了口气。“不，不行，我们不能那么做；不过他偷吃你的东西确实不对。也许确实该让他吸取教训。一点点就好。”

与此同时，约翰·乌斯克格拉斯和他的廷臣们正准备去打猎。一头奶牛突然闯进马厩。它冲向乌斯克格拉斯，用拉丁语就盗窃之害讲了一篇精彩的布道文。而他的马也转过头庄严地说，奶牛的看法很正确，他应该记住这番话。

所有在马厩的廷臣和仆役都目瞪口呆地看着眼前的情景。这种事以前可从没发生过。

“这是魔法！”兰切斯特的威廉惊呼，“可是谁胆敢……”

“是我自己的魔法。”约翰·乌斯克格拉斯赶紧说。

“真的吗？”威廉问，“为什么呢？”

一阵沉默。“为了能让我彻底看清我的过失和错误，”乌斯克格拉斯解释道，“作为基督徒应该时时反省。”

“可是你并未偷盗！为什么……”

“天哪，威廉！”乌斯克格拉斯大声说，“你非问不可吗？今天不打猎了！”

他赶快离开牛和马来到花园。但是玫瑰花都把粉红雪白的脸凑近了他，宣讲他对穷人负有责任；还有些脾气坏的花儿对他嗤之以鼻：“小偷！小偷！”他闭上眼睛捂住耳朵，但是他的狗都跑过来，嗅着他的脸，说它们对他的行为非常非常失望。他索性跑到城堡顶端的小屋子里。但是整整一天，墙上的石头们都在大声讨论《圣经》里关于偷盗的章节。

约翰·乌斯克格拉斯不用猜就知道是谁干的（因为奶牛、马、石头、玫瑰都特别提到了烤奶酪）；他决心去调查这个古怪的法师到底是何许人也，其目的何在。于是他派出最具魔力的生物——渡鸦。一小时后，近千只渡鸦同时出发，看起来好像黑色的小山飞过夏日的天空。当它们到达林间空地的时候，林中各处都充满了吵人的鸟叫。树叶掉了一地，烧炭人和小蔫巴被扑在地上揍了一顿。渡鸦们从烧炭人的记忆和梦境中查找魔法的痕迹。保险起见，它们连小蔫巴也一起检查了。甚至这一人一猪还在各自妈妈肚子里时的想法都被渡鸦们查清楚了，而且他们死后会怎样渡鸦也一并知道了。可是没有任何魔法的痕迹。

渡鸦们离开之后，约翰·乌斯克格拉斯来到林间的空地。他抱着胳膊，对这样的结果深感失望。

烧炭人慢慢爬起来，万分惊讶地看着四周。就算森林遭了火灾，也不会比这损失更加严重。树枝折断掉了一地，到处都沾着渡鸦的黑羽毛。他狂怒地吼道："说清楚你为什么老跟我作对！"

但是乌斯克格拉斯没说话。

"我要让布伦卡斯拉山压到你头上！我会的！你马上就能见识了！"他伸出黑乎乎的手指头，指着乌斯克格拉斯的鼻子，"你！你给我等着！"

次日天还没亮，烧炭人又去了弗内斯寺。他找到正要做晨祷的施赈者。"他又跑来毁坏了我的森林，"他说，"把林子弄得又黑又脏！"

"这太可恨了！"施赈者不无同情地说。

"哪位圣人管着渡鸦？"烧炭人问。

“渡鸦？”施赈者不解，“我不知道。”他又想了想，“圣奥斯瓦尔德有一只宠物渡鸦，他很喜欢它。”

“我该去哪儿找这位圣人？”

“他在格拉斯米尔有一座新修的教堂。”

于是烧炭人去了格拉斯米尔，到了之后他大喊大叫，用烛台敲打墙壁。

圣奥斯瓦尔德从天上探出头说：“你瞎嚷嚷什么？我又不是聋子！你想要什么？放下烛台！那玩意儿贵着呢！”圣肯蒂格恩和圣布里吉特在他们神圣的一生中都是可敬的僧尼，谦和而有耐心；而圣奥斯瓦尔德却是一位征战沙场的国王，他自是与众不同。

“弗内斯寺的施赈者说你喜欢渡鸦。”烧炭人说。

“说‘喜欢’有点过分了，”圣奥斯瓦尔德回答，“只是七世纪时有这么一只鸟停在我肩上而已。它老啄我耳朵，以至于啄出血了。”

烧炭人再次描述了他如何为那沉默的坏蛋所害。

“哦，那应该是有原因的吧。”圣奥斯瓦尔德讽刺地说，“比如，你有没有把他家昂贵的烛台弄坏过呢？”

烧炭人忿忿地说他从没见过那个猎人。

“唔，”圣奥斯瓦尔德想了想，“你要知道，只有国王才能猎鹿。”

烧炭人一脸茫然。

“我们仔细想想，”圣奥斯瓦尔德说，“一个黑衣人，拥有强大的法力，指挥着渡鸦，还享有国王的狩猎权。你没想到什么吗？哦，显然没想到。好吧，正好我知道你说的这个人。他确实很傲慢，也许是时候叫他学会谦卑了。我没理解错的话，你生气是因为他不和你说话？”

“是的。”

“那好，我可以让他的舌头灵光一点儿。”

“这算什么惩罚？”烧炭人质问，“我想让布伦卡斯拉山压到他头上！”

圣奥斯瓦尔德不耐烦地说：“你懂什么？听我的，我的判断比你好多了，肯定能惩罚这人。”

就在圣奥斯瓦尔德说这番话的同时，约翰·乌斯克格拉斯开始以极快的语速相当激动地说话了。这事很不同寻常，但是似乎也没什么损害。他的廷臣和仆役都恭恭敬敬地听着。但是过了几分钟，又过了几小时，他还在继续讲话。整个晚餐期间他都在讲话；聚会时也不停地说；整夜都在说。他不断地做出预言、背诵《圣经》、讲述仙境诸国的历史，还教大家怎样做馅饼。他泄露了政治秘密、魔法秘密、阴间的秘密、上帝的秘密和各种见不得光的秘密，结果使得北英格兰陷入了政权和神权的双重困境之中。邓代尔的托马斯和兰切斯特的威廉连哄带骗外加威胁，却仍不能使他闭嘴。最终他们只好把约翰·乌斯克格拉斯关进城堡顶端的小屋里，再没有人能听见他说话。然后，鉴于国王说话时不能没人听着，他们只好跟他待在一起，日复一日。三天过后，他终于安静了。

又过了两天，他骑马来到烧炭人的住处。他看起来苍白而憔悴。烧炭人满心希望圣奥斯瓦尔德改主意了，愿意把布伦卡斯拉山压到他头上。

“你想让我干什么？”约翰·乌斯克格拉斯垂头丧气地问。

“哈！”烧炭人得意极了，“你得向我道歉，因为你把小蔫巴变成了鱼！”

一阵很长的沉默。

约翰·乌斯克格拉斯咬牙切齿地向烧炭人道了歉，又问：“还有别的吗？”

“把所有损坏的东西恢复原状！”

转眼间，烧炭人的炭垛和小屋恢复到了原来的样子；树木也重新生长起来，每条枝上绿叶茂盛；空地上也长满了柔嫩的野草。

“还有吗？”

烧炭人闭上眼睛，竭力盘算出一笔巨大的财富。“还要一头猪！”他大声说。

约翰·乌斯克格拉斯疑心是哪里搞错了，不过说不准到底错在哪里。不过他还是信心满满地说道：“我这就给你一头猪，不过你得保证不告诉任何人我是谁，为什么要给你一头猪。”

“我为什么要说呢？”烧炭人回答，“我又不知道你是谁。真是怪了！”他眯起眼睛问道，“你是谁？”

“谁也不是。”约翰·乌斯克格拉斯迅速回答。

另一头猪出现在草地上，和小蔫巴一模一样。趁着烧炭人查看他的意外之财，约翰·乌斯克格拉斯骑上马，万分迷惑地回去了。

很快他就回到了王城纽卡斯尔。此后的五六十年间，尽管他的臣民常常提起在坎布里亚打猎何其愉快，他也总是避免故地重游，直到他确定那位烧炭人已经不在人世。

图书在版编目（CIP）数据

英伦魔法拾遗 / (英) 苏珊娜 · 克拉克 (Susanna Clarke) 著 ; 王爽译. -- 长沙 : 湖南文艺出版社, 2021.12

（幻想家）

书名原文: The Ladies of Grace Adieu and Other Stories

ISBN 978-7-5726-0090-6

Ⅰ. ①英… Ⅱ. ①苏… ②王… Ⅲ. ①短篇小说—小说集—英国—现代 Ⅳ. ①I561.45

中国版本图书馆CIP数据核字(2021)第033780号

幻想家

英伦魔法拾遗

YINGLUN MOFA SHIYI

著　　者：〔英〕苏珊娜 · 克拉克
译　　者：王　爽
出 版 人：曾赛丰
责任编辑：吴　健
封面设计：Mitaliaume
内文排版：钟灿霞　钟小科
出版发行：湖南文艺出版社
（长沙市雨花区东二环一段508号　邮编：410014）
印　　刷：湖南省众鑫印务有限公司
开　　本：880 mm×1230 mm　1/32
印　　张：7.75
字　　数：155千字
版　　次：2021年12月第1版
印　　次：2021年12月第1次印刷
书　　号：ISBN 978-7-5726-0090-6
定　　价：58.00元

THE LADIES OF GRACE ADIEU AND OTHER STORIES

by Susanna Clarke

This edition arranged with BLOOMSBURY PUBLISHING PLC.
through Big Apple Agency, Inc., Labuan, Malaysia.

著作权合同图字：18–2013–40